目次

第一章　死神　9
第二章　縄目（なわめ）　91
第三章　失踪　173
第四章　蘇り（よみがえり）　248

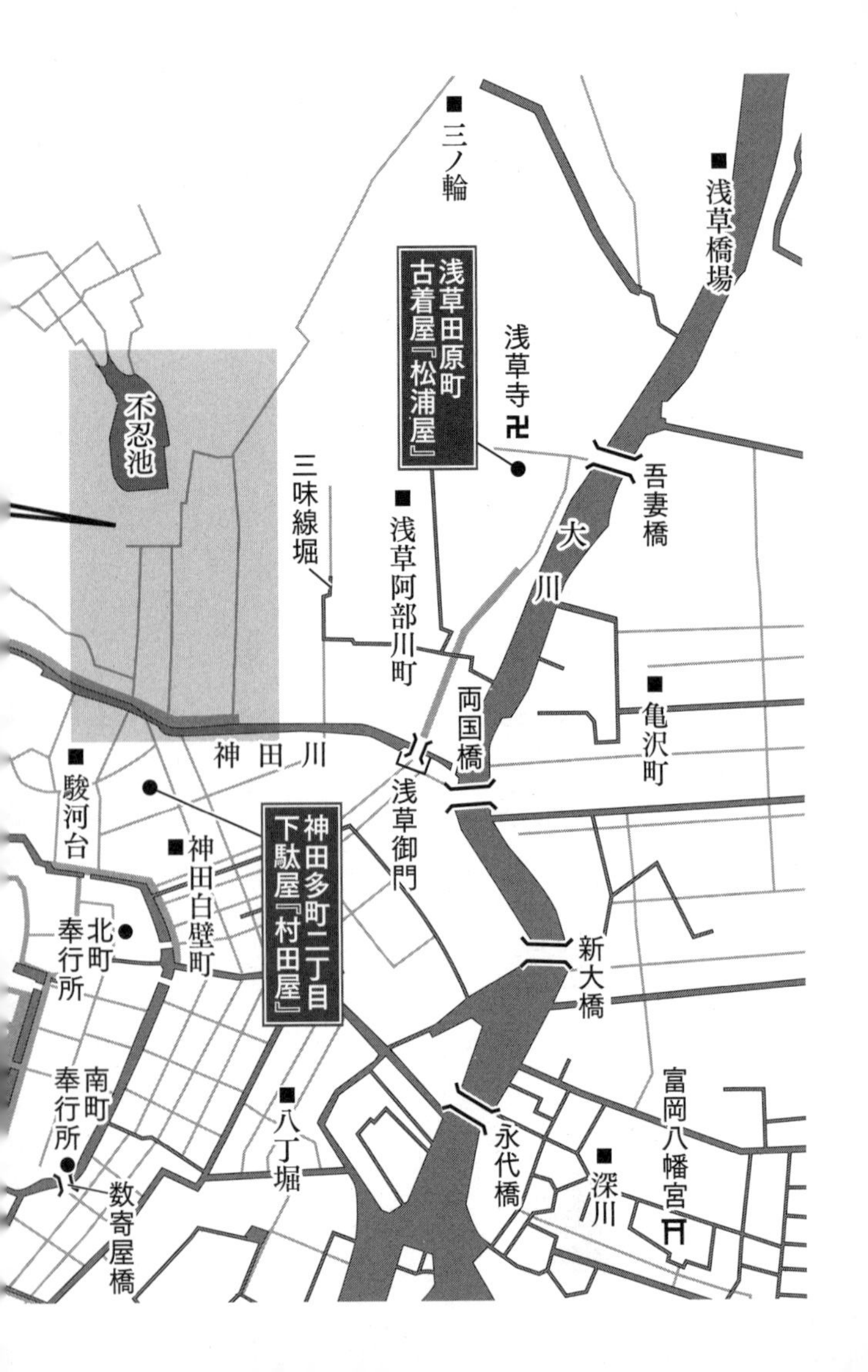
三ノ輪
浅草橋場
浅草田原町
古着屋『松浦屋』
浅草寺
不忍池
三味線堀
浅草阿部川町
吾妻橋
大川
両国橋
亀沢町
神田川
駿河台
浅草御門
神田多町二丁目
下駄屋『村田屋』
神田白壁町
北町奉行所
新大橋
南町奉行所
八丁堀
永代橋
富岡八幡宮
深川
数寄屋橋

書下ろし

生きてこそ

風烈廻り与力・青柳剣一郎㊾

小杉健治

祥伝社文庫

下谷界隈
卍寛永寺
不忍池
下谷広小路
下谷山崎町
稲荷町
池之端仲町
上野新黒門町
足袋屋『福井屋』
御徒町
昌平橋
筋違橋
小石川養生所
江戸城
北
西
東
南
「生きてこそ」の舞台

第一章　死神

一

年が明けてから、風は冷たくとも柔らかい陽射しの降り注ぐ穏やかな陽気が続いたが、今日は昼過ぎから荒れ模様となり、激しい北風が吹き出した。

夕暮れても強風は止まず、凍てつくような寒さの中、南町奉行所の風烈廻り与力、青柳剣一郎は同心の礒島源太郎、大信田新吾とともに、市中を巡回していた。火災の予防や火付けをする不届き者の警戒のためで、細い路地にも目を這わせてゆく。

きょうは正月十六日、藪入りの日にあたり、休日を思い思いに過ごした丁稚小僧たちが奉公先の商家に戻っていく姿があちこちで見られた。藪入りの際には、丁稚小僧たちは主人から新しい着物と小遣いをもらって、親元で水入らずの時を過ごしたり、また遠国出身の小僧たちは店の者に連れられて芝居見物などで一日を楽しんだりするのだ。

剣一郎らの一行が神田須田町から多町二丁目に差しかかったときには、辺りはすっかり暗くなっていた。強風のため、どの家も灯りを控えているので、町は常よりもだいぶ薄暗い。

小商いの商家が軒を並べる通りから裏道に入る。暗くて、人気もない。しばらく進んだとき、いきなり商家の裏口が開いて男が転がるように飛び出してきた。

剣一郎たちに気づくと、駆け寄ってきて、

「たいへんです……」

と、口をわななかせた。三十半ばを過ぎたあたりか、職人体の男だった。

「落ち着け。どうした?」

剣一郎は声をかける。

「旦那と内儀さんが殺されています」

男は震える声で訴えた。

「案内せよ」

「はい」

剣一郎は裏口から入って家の中に駆け込み、行灯の灯っている部屋に行くと、長火鉢の横で男が、台所との境で女が、共に血だらけで倒れていた。

　うつ伏せに倒れた鬢(びん)に白いものが目立つ男の胸や腹から、大量の血が流れ畳に滲(にじ)んでいた。匕首(あいくち)のようなもので刺されたのだろう。行灯の薄明かりに照らされて、内儀だろう女のほうも着物の腹部が赤く染まっているのが見えた。

　ふたりともすでに息絶えていた。血は乾いていない。体も温かい。死んで間もない。

「近くにまだ下手人(げしゅにん)がいるかもしれぬ」

　剣一郎は源太郎と新吾に家の中や周辺を探るように命じ、供の中間(ちゅうげん)を自身番(じしんばん)に走らせた。

　改(あらた)めて、部屋の中を見回す。長火鉢の鉄瓶(てつびん)が湯気を立てている。部屋の中に争った跡がないのは、下手人が顔見知りで不意(ふい)を突いての凶行(きょうこう)だったからだろう。

　下手人はまず主人を刺し、悲鳴か物音に気づいて台所から出て来た内儀に襲いかかったと思われた。剣一郎は隣の部屋との敷居の近くに呆然(ぼうぜん)と立ちすくむ職人体の男に近寄った。

「詳しい話を聞かせてもらいたい」

「はい」

男は怯えながら応じる。

「このふたりはここの主人夫婦か」

「はい。下駄屋『村田屋』の主人の亀太郎さんとお敏さんです」

「そなたは？」

「指物師の善造です。注文の品物を届けにやって来たら、くぐり戸からいきなり男が飛び出してきて」

「下手人と出くわしたのか」

「はい」

「顔を見たか」

「はい、でも薄暗い中だったので……」

「どんな男だった」

「歳の頃は二十五、六でしょうか。目鼻立ちのはっきりしない、のっぺりと扁平な顔をした男でした」

「はじめて見る顔か」

「そうです」

そこへ、源太郎と新吾が戻ってきた。

「どこにも怪しい者はいません」

　ふたりは口々に言った。

「とうに逃げたようだ」

　剣一郎はふたりに言ってから、善造に顔を戻し、

「続けてくれ」

「はい。驚いて声をかけると返事がないまま逃げたので、部屋に上がってみました。そしたら居間で、ふたりが……」

「部屋に争った跡はない。主人夫婦は下手人と顔見知りのようだ。何か心当たりは？」

「いえ。おふたりともほんとうに気持ちのよい方で……」

　やがて、自身番から町役人が駆けつけた。それからしばらくして、定町廻り同心の植村京之進がやって来た。

「青柳さま」

　京之進が声をかけた。

「ごくろう」

　剣一郎は経緯を説明し、

「わしらがここに駆けつけたのは四半刻（約三十分）余り前だ。下手人が逃げたのはその少し前らしい。指物師の善造が顔を見ている」

と、話した。

「わかりました」

「では、あとは任せた」

剣一郎はそう言い、もう一度、ふたりの亡骸に手を合わせた。

突然の災いに見舞われた夫婦の気持ちを思うとやりきれなかった。京之進が必ず仇をとる、やすらかに成仏せよと祈って、剣一郎は立ち上がった。

外に出ると、幾分風は弱まっていた。剣一郎は再び、源太郎、新吾とともに見廻りをはじめた。

翌朝、剣一郎が出仕すると、見習い与力がやって来て、

「青柳さま。宇野さまがお呼びにございます」

と、伝えた。

「ごくろう」

剣一郎はすぐに年番方与力の部屋に行った。

宇野清左衛門の出仕は早い。すでに、文机に向かっていた。

「宇野さま。お呼びでございましょうか」

剣一郎が声をかける。

「うむ」

清左衛門は書類を閉じて立ち上がった。

「向こうへ」

「はい」

剣一郎も清左衛門のあとに従った。

隣の空いている部屋に入り、ふたりは差し向かいになった。

だが、清左衛門はすぐに口を開こうとしない。何か言い淀んでいるようだ。

「宇野さま、何か」

剣一郎は促す。

「うむ」

視線を畳に落とし、ただ唸っただけだ。

「じつは、青柳どのに相談があるのだが……」

ようやく清左衛門は口を開いた。

「なんでしょう」

「私的な事柄だ。だから、頼みにくいのだ」

清左衛門はきまり悪そうに言う。

「お気になさらず。なんなりと仰(おっしゃ)ってください」

「かたじけない」

清左衛門は頭を下げてから、

「御徒組頭(おかちくみがしら)の田所文兵衛(たどころぶんべえ)のことだ」

と、思い切ったように口にした。

「田所文兵衛どのとは、たしか宇野さまのご親戚にあたる方でしたか」

そのような話を聞いた覚えがあった。

「そうだ。家内の妹が田所家に嫁(とつ)いでいる。公私混同で気が引けるのだが……」

清左衛門は羞(は)じらうように言い、

「じつは、その田所家に菊(きく)という娘がいる。今年十七歳で、美しく成長したらしい。わしは何年も会っていないのだが」

清左衛門は真顔になり、

「相談とはその菊の縁談のことだ」

と、口にした。

「縁談？」

予想外の話に、剣一郎は戸惑いを覚えた。

「菊の美貌を聞きつけ嫁にしたいという話がたくさん舞い込んでいるようだ。だが、菊の気持ちを大事にする文兵衛はすべて断ってきた。ところが、今回、無下にするわけにはいかないお方から申し入れがあった。それもふたりからだ」

清左衛門は顔をしかめ、

「ひとりは千五百石の旗本真庭兵庫さまの嫡男兵太郎どの、もうひとりは二千石の旗本川村大蔵さまの次男大次郎どの。菊にとっては玉の輿に違いない。身分違いではあるが、いずれかに嫁げば、田所家も今後の栄達を期待出来るのだろう」

清左衛門はそこで息継ぎをし、

「だが、いいことばかりではない。真庭家と川村家は犬猿の仲だそうだ。嫁ぎ先をどちらに決めたとしても禍根が残る。そして、どちらも断るとなれば、田所家は両者から疎まれて、冷や飯を食うことになる」

「なるほど」

剣一郎は情状を察した。

「菊どのはふたりのいずれとも添う気はないのですね」

「そうだ」

清左衛門はため息をつき、

「文兵衛は真庭家と川村家の両方とも縁談をお断りするつもりだそうだ。だが、そうなると、どんな仕打ちを受けることになるかと、文兵衛は頭を抱えているのだ」

「とんだ相手に見初められたものですね」

剣一郎も困ったように言ってから、

「ひょっとして、その解決を私に？」

と、確かめた。

「そうだ」

清左衛門はやり切れないように言う。

「私には手に余ります。そういった難題の解決にふさわしいとは思いませんが」

剣一郎の気は重かった。

「じつは、これは文兵衛直々の頼みなのだ。ぜひ、青柳どのの力をお貸し願えないかと」

「田所どのが？」

「文兵衛は青柳どのの活躍を知っている。与力としての才覚だけではなく、ひととしての度量（どりょう）がある。そう思っているようだ」

「それはあまりにも買い被りというものです」

「それだけではない。文兵衛は何か不測（ふそく）の事態を懸念しているのだろう」

「不測の事態？」

「そうだ。真庭家と川村家は犬猿の仲だと言ったが、それだけでなく、両家の伜（せがれ）たちには色々と良からぬ噂（うわさ）もある。もし、菊を手に入れることが出来ないとわかったら、面子（めんつ）のために菊はじめ田所家の者に危害を加えかねない。そのためにも、背後に青柳どのが控えていることを見せつけたいらしい」

「なるほど。菊どのの身を案じてのことですか」

剣一郎は頷（うなず）く。

「そういうことであれば、私の出る幕もありそうです。わかりました。お引き受けいたしましょう」

「引き受けてくれるか」

清左衛門はほっとしたようにきいた。

「罪を犯すのを未然に防ぐことも我らの役目です」

剣一郎はきっぱりと言い切った。

「安堵した。文兵衛は三日後は非番ゆえ屋敷にいるそうだ」

清左衛門はため息をついた。

「では、三日後、田所どののお屋敷にお伺いします」

屋敷の場所を聞いて、剣一郎は清左衛門と別れた。


夜、八丁堀の屋敷に京之進が訪ねてきた。

部屋で差し向かいになると、すぐに京之進が口を開いた。

「『村田屋』の主人夫婦、亀太郎とお敏は善良で、ひとから恨まれるようなことはないというのが周囲の評判でした。ふたりには亀吉というひとり息子がおりますが、三年ほど前に家を出ています」

「家を出たわけは？」

「どうやら放蕩息子だったようです」

「指物師の善造が見たという男は、その亀吉ではないのだな」

剣一郎は確かめる。

「そうです。善造も亀吉をよく知っているようです」

「で、『村田屋』に奉公人は？」

「ひとり、公太（こうた）という二十三歳の男が住み込んでいますが、昨日の夜は遊びに出かけていました」

「善造が見た男は、その公太ではないのだな」

さらに、剣一郎は確かめる。

「違うそうです」

「その他には？」

「客以外に、夫婦のもとを時折訪れていた者が何人かいるのですが、どれも善造が見た男とは違うようです。ただ、下手人は何者かに頼まれて殺しを請け負ったのかもしれません。まずは亀吉の行方を捜（さが）しながら、殺し屋の仕業（しわざ）ということも頭に入れて探索をしようかと」

「うむ。ごくろうであった」

「はっ」

京之進が引き上げようとしたが、

「もうひとつ」

と、呼び止めた。

「善造は下手人の顔を見ている。下手人にとっては厄介な存在だろう。善造の身に危険が及ばぬように注意を向けたほうがいい」

「わかりました」

京之進が引き上げたあと、剣一郎は立ち上がり、障子を開けて濡縁に出た。

剣一郎の口からため息が漏れた。宇野清左衛門の頼みを引き受けたものの、気が重かった。ふたりの旗本の子息がひとりの女をめぐり、さや当てするだけなら問題はないが、断わられれば仕返しをするかもしれないというのはなんとも情けない話だ。

「寒くはないのですか」

背後で、妻の多恵の声がした。

「風はあるが、常とは違い、刺すような冷たさはない」

剣一郎は部屋に戻って障子を閉めた。

「何か、屈託がおありですか」

多恵がきいた。

剣一郎は苦笑し、

「顔に出ていたか」

「はい。微かに」

「そうか。そこに」

剣一郎が座ると、多恵も向かいに腰を下ろした。

「じつは宇野さまから頼まれたことがあってな」

と、剣一郎は切り出した。

「宇野さまの親戚筋に当たる田所文兵衛どのの息女、菊どのの縁談だ」

剣一郎は菊がふたりの旗本の子息から縁談を申し込まれていること、いずれかを選んでも、またふたり以外の者を選んだとしても、禍根を残すかもしれないことを話した。

「どうやら菊どのはお二方とも避けたいようですね」

「そのようだ。もっと大身の旗本のところに嫁ぐなら、ふたりは何も言えないだろうが、二千石以上の旗本家となると、田所家の家格からして難しかろう」

「そのように度量が狭い男のもとに嫁入りしても仕合わせにはなれませんね。そんな方々に見初められて、菊どのもお気の毒に」

　多恵は眉根を寄せ、

「相手のおふたりを説き伏せることは出来ないでしょうね」

　と、呟くように言う。

「素直に言って解ってくれるとは思わぬ。与力などは罪人を扱うので不浄役人などと卑しまれている。よほど格上のお方から言われるのならともかく、わしの言うことをきくはずなどない。それどころか根に持って仕返しをしてくるかもしれぬ」

　剣一郎は顔をしかめて、

「剣之助と志乃のときもそうだった」

　と、思いだして言う。

　息子の剣之助に嫁いだ志乃は、旗本の子息にも言い寄られていたのだった。剣之助との仲を知ると、嫉妬から剣之助を襲った。そのために、剣之助は志乃とともにほとぼりが冷めるまで江戸を離れたことがあった。

「そうでしたね」

「そのような者を相手に、菊どのをどう助けるか」

　剣一郎はため息をつく。

「出家するしかありませんね」

「出家か……」

剣一郎は呟き、

「それも手かもしれぬな。ほとぼりが冷めたら還俗すればいいからな。だが、そこまではさせられぬ。田所どのがわしに期待しているのは、そのような解決ではないだろう」

菊にとって望ましい解決とは何か、剣一郎は頭を悩ませた。

「今夜は太助さんは来ないのかしら」

ふと、思いだしたように多恵が言う。

「猫捜しの依頼が二件もあるそうだ」

「まあ、二件も」

「明日も無理だろう」

「そうですか」

多恵は寂しそうに呟いた。

剣一郎はそんな妻の様子を苦笑しながら見ていた。

二

翌日の朝、橋場(はしば)にある源久寺(げんきゅうじ)裏の雑木林に、太助は気配を消して入っていく。昨夜、仕掛けの籠(かご)を二つ置いた。中にはマタタビが入れてある。

太助は二十五歳で、すっきりした顔をしている。猫の蚤(のみ)取りや行方がわからなくなった猫を捜すのが生業(なりわい)だった。

昨日、今戸(いまど)に住む商家の旦那の妾(めかけ)から、飼い猫が外に出て行ったきり三日も戻ってこないという訴えを受けて、さっそく捜しにかかった。

近所の寺の境内(けいだい)や、少し離れたところにある料理屋の庭や商家の寮などを歩き回った末に、源久寺裏の雑木林に目星(めぼし)をつけたのだった。

雑木林の手前に置いた籠の中に猫はいなかった。次の仕掛けに向かう。頭上の樹々の葉は輝き、木漏(こも)れ陽(び)が射(さ)し込んでいる。

ふと、猫の鳴き声を聞いた。第二の仕掛けのところに草を踏みながら急ぐと、何かの気配がした。

駆け寄って籠を覗(のぞ)くと、猫が入っていた。黒いぶちのある白猫で、飼い主から聞いた名を呼ぶと、にゃあにゃあ鳴いて籠をひっ掻いてきた。捜していた猫によく似ている。

餌を与えると、夢中で食べた。少し窶れ、汚れているが、体調に問題はなさそうだった。

猫が見つかって安心したが、ふと太助は何か異様な気配を感じ、辺りを見回した。

木漏れ陽を受けてひとのような影がゆらめいた。その足は地に着いていない。上に目を向ける。男の体があった。大きな樹の枝から縄が垂れて、男の首にかかっているのがわかった。

白目を剝き、舌が口から少し覗いていた。すでに息絶えていることがわかった。身形はみすぼらしかった。

太助は雑木林を出て、近くの自身番に行き、亡骸のことを伝えた。

それから、猫を飼い主の家に連れて行った。

若い妾は猫を抱き締めて喜んでいた。

「どこにいたんですか」

「源久寺裏の雑木林です」

「まあ、そんなところに」

妾は目を丸くした。

「手間賃を払います」

猫の頭をなでながら言う。

「急いで雑木林に戻らなきゃならねえんです。あとで寄らせていただきます」

「何かあったのですか」

「ついでに、いやなものを見つけちまいましてね」

太助は顔をしかめた。

「いやなもの？」

妾は細い眉を寄せた。

「また、あとで来ます」

詳しいことは告げずに妾宅をあとにした。


首縊りのところに戻った。すでに町役人が来ていた。風が出てきて、男の体が微かに揺れていた。すぐに下ろしてやりたいが、すでに死んでいるので同心の旦那が来てからだと、町役人は言った。

殺しの疑いを考えてのことだろうが、太助の印象は自死だった。近くに足場になるような樹の根っこがあり、自分で首を吊ることは出来る。また逆に周辺に争ったような跡はなかった。

やがて、南町定町廻り同心の植村京之進と岡っ引きが駆けつけてきた。

「太助が見つけたのか」

京之進が太助を見てきいた。

「へい。逃げた猫を捜しにここに来て、見つけてしまいました」

それから、京之進の指図(さしず)によって死体が下ろされることになった。

京之進とは青痣(あおあざ)与力こと青柳剣一郎との縁で知り合った。京之進は剣一郎に畏敬(いけい)の念を抱いているのだが、太助も同じだった。

太助はふた親が早死にし、十歳のときからシジミ売りをしながらひとりで生きてきた。ときにはふた親恋しさに涙を流すこともあった。

神田川の辺(ほとり)でしょぼんと川を見つめていたとき、声をかけてくれたお侍(さむらい)がいた。

寂しくなって、ときたまこうやってふた親を思いだしているのだと言った。そのとき、そのお侍は太助を励(はげ)ますように言った。

「おまえの親御はあの世からおまえを見守っている。勇気を持って生きれば、必ず道は拓ける」

そのお侍は青痣与力と呼ばれ、江戸のひとびとから慕われている南町与力の青柳剣一郎だった。

今、太助は剣一郎の手先として働くことにやりがいを見出していた。

死体が下ろされ、京之進は検めた。首の周りの傷や手の指の爪を丁寧に見ていた。殺しの痕跡を探そうとしているのだろう。

「自分で首を括ったようだ」

京之進は立ち上がって言う。

「太助」

京之進が近づいてきて問いかけた。

「見つけたときの様子から何か異変を感じたか」

「いえ。自死だろうと思いました」

太助は正直に答えた。

「うむ。亡骸に抵抗したような傷はない」

何者かに首吊りに見せ掛けて殺されたのだとしたら、苦しがってもがき、首の周囲には爪痕が、爪の間には縄の屑があるはずだった。

気絶させられてぶら下げられたとしても、首の縄目に不自然なところがあるだろう。それを京之進が見逃すとは思えない。

自死に間違いない。そう思うと、改めて死んだ男に思いを向けた。

男の体は瘦せていた。三十過ぎだろうか。まだ若い。すり切れた単衣で、素足だった。貧しい暮らしを窺わせるが、自ら死を選ぶなんてばかだと太助は腹立たしくなった。たとえ苦しくても、いつかは光が射す。それを信じてなぜ生きられなかったのかと、太助はやりきれない想いにかられた。

そのとき、野次馬をかき分けて、頭に手拭いをかぶり背中に国分と書かれた箱を背負った煙草売りの男が、京之進の傍に行った。

「旦那、恐れ入ります。ちょっとホトケの顔を拝ませていただいても」

煙草売りが言う。

「心当たりがあるのか」

京之進がきいた。

「へい」

「よし」

京之進は亡骸の傍に煙草売りの男を連れて行った。太助もあとについた。岡っ引きに睨まれたが、気にせずに近づいた。

岡っ引きが莚をめくる。煙草売りの男が顔を覗く。

じっと見ていたが、やがて男はあっと声を上げた。知っているようだ。

「誰だ？」

「名前は知りませんが、大道芸人です。全身を灰墨で黒く塗って、自分のことを丹波で獲られた荒熊と称して、門口に立って銭をもらっている男です」

商家では門口に立たれると迷惑なので、銭を恵んで追い払う。人を集める芸ができない者のやるようなことだ。太助も似たようなのを見かけたことがあった。

「灰墨を顔にも塗っていたら、素顔はわからないのではないか」

京之進は疑問を口にした。

「顔に灰墨を塗っていても、顔だちはわかります。一度、墨を落としているときにも見かけたので。ホトケはあの荒熊の男です」

煙草売りの男は言い切った。

「なぜ、首吊りの男が荒熊の大道芸人だと思ったのだ？」

京之進が疑問を呈した。

「じつは、ちょっと気になることがありまして」

「なんだ、気になることとは？」

「昨日の昼間、この男が蔵前で物乞いのような風体の男と言い合っているところにたまたま通りかかったんです。そのとき、お前は首を括るのだと物乞いの男が強い口調で言っていたのを耳にしました」

「首を括れだと？」

　京之進が顔をしかめてきき返した。

「そうです。約束しろと迫っていました。そして、この男はわかったと……」

「わかった？　この男は首を括る約束をしたって言うのか」

　京之進は呆れた口調だった。

「そうです。それで、寺の前を通りかかったら首吊りだと騒いでいたので、まさかとは思いながらホトケを見させてもらおうと」

　煙草売りの男は深刻そうな顔で話した。

「その物乞いの男を以前にも見かけたことがあるか」

「ときたま見かけます。初めて見たのはひと月ほど前です。痩せた六十近い男で、顔の肉がげっそり落ち、頬骨が突き出て、目は濁り、少し異様な顔つきでした。伸びた髪を後ろに束ね、ぼろを身にまとって、長い木の枝を杖にして歩いていました」

「いつも見かけるのはどの辺りだ？」

京之進がきいた。

「最初に見たのは稲荷町でした。そのあとは下谷広小路、それから駒形でも見かけました」

「へえ」

煙草売りの男が答える。

「どうやら、浅草、下谷辺りに住んでいるようだな」

「おまえさんの名は？」

京之進はきいた。

「清次と申します」

「住まいは？」

「へえ。阿部川町の万兵衛店です」

「わかった。何かあったら、またきくかもしれない」

「へい」

煙草売りの清次は会釈をして踵を返した。そのとき、太助と顔を見合わせた。

太助は黙って頭を下げる。清次も会釈を返して引き上げて行った。

「京之進さま。妙な話ですね」

太助は京之進に近づいた。

「信じられぬ話だ。だがいずれにしろ、自死であることは間違いない」

京之進はそう言い、岡っ引きを呼んで何かを命じた。おそらく、この亡骸がほんとうにその大道芸人かを調べさせるのだろう。

太助もそこを離れ、池之端仲町に向かった。商家の内儀さんから飼い猫捜しを頼まれていた。もう七日も経つというのだが、ここまで長く戻らないのは初めてらしい。

猫の名前や特徴を聞いて、さっそく近くの不忍池周辺を調べたが、猫は夜行性なので昼間より夜のほうが捜しやすい。

いったん長屋に帰り、夜になって再び不忍池までやって来た。歩き回って半刻（約一時間）ほどして、不忍池の西岸のほうで猫の鳴き声を聞いて、そこに忍んで行った。猫の名を呼ぶと、猫がゆっくり近づいてきた。太助に警戒することなく、傍にやって来た。捜していた猫に間違いなかった。

太助は猫を抱っこして飼い主のもとに連れて行った。

翌日の朝、まず今戸の妾宅を訪ねた。

太助が土間に入るなり、猫が飛び出てきた。太助が手を出すと、頭をすりつけてくる。

「やっぱり、太助さんには懐いているのね」

妾は驚いたように言う。

「元気そうですね。おまえ、もう逃げたりするなよ」

猫を抱いて、太助は優しく話しかける。

「はい、手間賃」

太助は猫を妾に渡して、代わりに銭をもらった。

「ありがたく。また何かあったらお声がけを」

太助は格子戸の外に出た。

きょうはどんよりして寒い日だった。寒空にはときおり小雪が舞う。これから、池之端仲町の商家まで、昨夜見つけた猫の様子を見に行くつもりだった。肩をすくめて歩きだした。

雷門前を通り、太助は田原町の目抜き通りに入った。中小の商家が並んでいる。行き交うひとも多い。

目の前を物乞いのような身形の痩せた男が通りすぎた。真冬に逆戻りをしたような日なのに、その男は破れた菅笠をかぶり、汚れた単衣に荒縄を帯代わりにし、素足に草鞋履き、長い木の枝を杖のように突いていた。画に見るような貧乏神、いや死神か。

もしや……。太助は煙草売りの清次の言葉を思いだした。姿は清次の言うとおりだ。太助は男のあとを尾けた。

男は古着屋の店先に向かった。『松浦屋』と書かれた看板がかかっている。漆喰土蔵造りで、入口に紅色の丈の短い暖簾がかかっていた。その暖簾の前に立った。

門付け芸人なら芸を披露して金をもらうのだろうが、その男はただ立っているだけだ。

店から出てきた女客が薄気味悪そうに男を見て、急ぎ足で通りすぎた。橋場の寺の裏で死んでいた荒熊の男のように、この男もひとがいやがる格好をして商家の店先に立ち、いくばくかの金をもらおうというのか。

やがて、手代が出てきた。顔をしかめて銭を渡し、

「さあ、早く行っておくれ。迷惑だ」

と、強い口調で追い払う。

だが、男は動こうとしない。

「なんだい、銭が少ないっていうのか」

手代が大声を上げると、奥から半纏(はんてん)を着た三十過ぎの番頭ふうの男が出てきて、

「とっとと行くんだ。お客さまの迷惑だ」

と、声を荒らげた。

しかし、聞こえないのか男はまだ立っていた。

番頭は顔色を変え、

「帰れと言っているんだ」

と怒鳴(どな)り、男を突き飛ばした。

男はよろけて尻餅(しりもち)をついた。

太助は近づいてその男に手を差し伸べた。男は太助の手を借りて起き上がった。いつの間にか数人の野次馬が集(つど)っていた。

「わざと転びやがって。ちょっと触れただけだ」

番頭は顔をしかめ、店に戻ろうとした。

「番頭さん」

男が呼び止めた。

「なんだ？」

番頭が振り返った。

男は番頭の顔をじっと見て、

「首を括る気はあるか」

と、口にした。

「今、なんと言った？」

番頭は不快そうな顔をした。

「首を括る気はあるのか」

男はもう一度言った。

「首を括るだと？　なにを寝ぼけたことを」

男の目が鈍く光った。

「首を括ると約束するなら去る」

「わかった、わかった。首でもなんでも括るから、とっととどこかへ行っておくれ」

番頭はからかうように言った。

煙草売りの清次の言うとおりだと太助は思った。

男はふいに踵を返した。太助は男と正面から顔を突き合わせた。

どす黒く皺(しわ)の浮かんだ顔、目の色は濁り、口のまわりの不精髭(ぶしょうひげ)に白いものが混じっている。どこか作り物の面のような顔だ。男は濁った目を向けただけで、その場を離れて行った。清次は異様な顔つきと言ったが、太助には苦悶(くもん)している顔のように見えた。

すでに、番頭も手代も店の中に入っていた。

男が稲荷町のほうに向かったので、太助はあとを尾けた。

東本願寺(ひがしほんがんじ)前から新堀川(しんぼりがわ)を渡って稲荷町に入る。男の歩みは遅い。つい、太助は男に近づきそうになって、あわてて足をゆるめる。

右手に寺が並んでいた。男はそのうちのひとつ、知恩寺(ちおんじ)の山門をくぐった。

太助も続いた。男は庫裏(くり)のほうに行く。裏の塀に近い場所に納屋(なや)が見えた。男はそこに向かった。

納屋の前に立ち、背後を気にすることなく戸を開けて中に入った。

太助は庫裏の陰から見ていたが、しばらく経っても男は出て来なかった。納屋に住んでいる誰かを訪ねたのか、それとも男の住まいになっているのか。

太助は僧を捜そうとして辺りを見回すと、墓地のほうに箒(ほうき)を持った寺男がいたので近づいて行った。

「ちょっとお訊(たず)ねします」

太助は声をかけた。

「何ですか」

ずんぐりむっくりした年寄りの寺男が顔を向けた。

「物乞いのような男が納屋に入って行ったんですが、納屋に何か」

太助は怪しまれないように注意しながらきいた。

「あの男はそこの納屋に住んでいます。住職(じゅうしょく)さまが本堂の下で寒さに震えていた男を哀(あわ)れんで納屋を使わせてやっているんです」

「いつからですか」

「そろそろ、ひと月になります」

寺男は言う。

「名は？」

「玉堂と呼んでいます」

「ぎょくどう、ですか」

「そうです。ほとんど何も喋りません。ちょっと無気味な男ですが、うちの住職

さまは困っているひとを見捨てておけないので」

寺男は苦笑した。

太助は礼を言って寺をあとにした。

それから、阿部川町の万兵衛店に行った。

長屋木戸を入って、井戸端にいた女房に煙草売りの清次の住まいをきいたが、やはり清次は留守だった。

夜になって、太助は再び阿部川町の万兵衛店にやって来た。清次の住まいの腰高障子を開けたが、中は真っ暗だった。

隣から年寄りが出てきた。胡乱げな顔で見ているので、

「清次さん、いつも遅いんですかえ」

と、太助はきいた。

「いったん帰ってきたみたいだ。たぶん、『樽屋』だろう」

「『樽屋』？」

「川っぷちにある居酒屋だ。いつもそこで呑んでいる」

「そうですか。わかりました」

太助は礼を言い、長屋木戸を出た。

新堀川に出て、川沿いを眺めると、『樽屋』と書かれた軒行灯が輝いていた。

太助は縄暖簾をくぐり、戸を開けた。喧騒が耳に飛び込んできた。職人や行商人、日傭取りなどの客でいっぱいで、かなり賑やかだった。

右手の小上がりに清次が座っていて、傍にいる者たちに向かって大声で話していた。

「その約束通り、男は首を括ったんだ。嘘じゃねえ。ほんとうに首を括ると約束していた。俺はたまたま通りかかって、ふたりのやりとりを聞いたんだ」

「そんなことあるのか」

職人体の男がきき返す。

「信じられねえと思うが、ほんとうだ」

「待ってくれ」

たくましい体つきの男が口をはさんだ。

「あっしがよく顔を出す長屋の住人が去年の暮れ、首を括って死んだんだ。長屋のひとは、そいつが思い悩んでいる様子もなくって、なんで死んだのかと不思議がっていたが、まさか……」

「死ぬ理由が見当たらないのに首を括ったのなら、その物乞いが関わっているかもしれねえぜ」

清次がわざとらしく顔をしかめた。

「その物乞いはなんだ？　死神か」

職人体の男が呟くように言う。

「そうかもしれねえ。その物乞いに会っても、近づかないほうが……」

清次が戸の前に立つ太助に気づいて話を止めた。

「おや、おめえは確か首吊りの現場にいた？」

「ええ」

「俺に何か用か」

「いえ、たまたま顔をお見掛けしたので」

太助は適当に言い、踵を返した。

あんなべらべら他人に喋るのは気に食わない。太助は呆れかえって清次と話す気をなくしてしまった。

三

翌日の昼過ぎ、剣一郎は御徒組頭の田所文兵衛の屋敷を訪れた。

玄関で訪問を告げ、若党らしき侍に大刀を預け、客間に行く。

待つほどのこともなく、四十過ぎの大柄な武士が現われた。剣一郎の前に腰を下ろすなり、

「田所文兵衛にござる。よう来てくだされた」

と、丁寧に挨拶(あいさつ)をした。

「青柳剣一郎にございます」

「青柳どのの名声はよく聞いております。このたびはご面倒をおかけし、申し訳ありません」

文兵衛は頭を下げた。

「宇野さまからお話は聞きました。娘御の縁談の件でたいそうお困りだそうですが」

「そうです。縁談が数々舞い込むことは喜ばしいのですが……」

心労からか、文兵衛の顔色は優れず、声にも力がない。

「真庭さまの嫡男兵太郎どの、川村さまの次男大次郎どの。いずれもあまり評判の芳しくないお方なのです。兵太郎どのは女中を手込めにしたり、人妻に手を出したりという噂があり、大次郎どのは酒癖が悪く、無礼討ちと称して奉公人を手討ちにしたり……。ですが、なにより、菊には心に決めた者がおります」

「やはり、そうでしたか」

剣一郎は頷き、

「そのことをはっきり言いだせないのですね」

と、確かめた。

「はい。そのことを先方に伝えたら、その者にもどんな災いがあるか。じつは真庭家の御用人からもし縁談を断ったら、兵太郎さまは必ず意趣返しをする、そういうことにならないように、と脅しのような忠告を受けました。同じような話は川村家からも……」

「親としてそのようなところには嫁がせたくありませんね」

剣一郎は呆れたように言ったあとで、

「ちょっと確かめておきたいのですが」

と、口調を改めた。

「兵太郎どのと大次郎どのの人柄についてですが、いま仰った評判は間違いありませんか。お互いが中傷しあっているということは？」

「確かにお互いに対抗心を持たれているようです。でも、私が調べたところでも、噂に間違いはないようです。ですから、菊に決まった相手がいなかったとしても、あのような者たちに嫁がせたくはありません」

文兵衛は厳しい表情で言う。

「そうですか」

剣一郎は頷いてから、

「やはり、逆恨みをしそうな方々ですね」

「はい。その恐れを抱いています」

文兵衛はため息をついた。

「菊どのを呼んでいただいてよろしいでしょうか」

剣一郎は本人の考えも聞きたいと思った。

「わかりました」

文兵衛は手を叩いた。

女中がやって来て、襖を開けた。

「菊をここに」

文兵衛が言う。

「はい」

女中が去ったあと、文兵衛は声を落とした。

「じつは菊は、自分の顔を焼こうとしたことがあります。醜い顔になれば、ふたりは諦めるだろうという思いからです」

「なんと」

剣一郎は唖然とした。

「弟がすんでのところで気づいて、事なきを得ましたが……」

文兵衛は暗い顔をした。

「そこまで思い詰めておられるのですか」

剣一郎は胸が痛んだ。

襖の外にひとの気配がした。

「菊です」

「入りなさい」

　文兵衛が声をかける。

「失礼いたします」

　襖が開き、夕陽が射し込んだような輝きを見せて菊が入ってきた。剣一郎は目を見張って菊を迎えた。

「娘の菊でございます」

　文兵衛が剣一郎に紹介し、

「青柳どのだ」

　と、菊に言う。

「菊でございます。このたびはお手間をおかけして申し訳ございません」

「とんでもない目に遭われたな。ご心痛お察しする」

　剣一郎は改めて菊の顔を見た。

　目鼻だちの整った小さな顔立ちだ。形のよい眉や涼しげな目元、すっと伸びた鼻筋など、剣一郎の娘のるいに似ている。

　るいは御徒目付の高岡弥之助に嫁いでいる。

「私の娘にも同じようなことがあったが、心に決めた相手と結ばれました。どうか、気を強く持っていただきたい」

剣一郎は勇気づけた。

「はい。ありがとうございます」

菊は深々と頭を下げた。

「少し、お訊ねしてよろしいか」

剣一郎はちらっと文兵衛を見て、

「お父上の前で答えづらいことがあれば、外していただくことも……」

「いえ、それはだいじょうぶでございます」

「では」

剣一郎は口調を改めて、

「一千五百石の旗本真庭兵庫さまの嫡男兵太郎どの、あるいは二千石の旗本川村大蔵さまの次男大次郎どの。この両名からの縁談の申し入れを断ること、素直なお気持ちか」

「はい。最初から心は決まっております。私は両家に嫁ぐ気はありません」

菊はきっぱりと言った。

「心に決めた御仁(ごじん)がおられるそうだが」

「はい」

「名前をお伺いしてもよろしいか」

「はい。御徒衆の前島滝三郎さまです」

「私の配下の者です」

文兵衛が口をはさんだ。

「もし、私が滝三郎さまに嫁いだら……」

菊が言いさした。

「前島滝三郎どのも真庭家、川村家の両方からいやがらせを受けると？」

「はい」

菊は不安そうな顔をした。

「じつは、川村大蔵さまは御徒頭の戸坂伊左衛門さまと親しい間柄なのです」

文兵衛が苦しそうに顔を歪め、

「大次郎どのとの話を持ってきたのは、その戸坂さまなのです。上役の話を断り、組下の前島滝三郎を選べば、戸坂さまの顔を潰すことにもなります。そうなれば、当家も前島家もこの先、日の目を見ることは……」

文兵衛の苦悶の表情を見て、剣一郎は、

「先ほど話しましたが、私の娘も小普請支配(こぶしんしはい)の子息どのから縁談を申し込まれていました。ところが、娘は小普請組の若者に好意を抱いており、支配どのの申し入れを断りました。そのために理不尽(りふじん)な目に遭いましたが、今はそれを乗り越えてふたりで仕合わせに暮らしております」

「まあ、ほんとうでございますか」

　剣一郎は強い口調で、

「きっと望まれる結末になるはずです」

「かたじけない」

　文兵衛は頭を下げてから、

「じつは十日のうちにおふた方に返事を差し上げることになっています。もちろん、お断りの……」

　と、厳しい顔で言った。

「そうですか。それまでに真庭兵太郎どのと川村大次郎どののことを調べてみます。噂どおりの方々であれば、なにかしら疚(やま)しいところがあるはず」

「すべてを青柳どのに託したく、お願いいたします。なれど、たとえうまくいかずとも、青柳どのはお気になさらずに。その場合には、菊を出家させようと思っておりました。……菊もその覚悟で。でも今、青柳どのの娘御の話をお聞きし、勇気が出ました」

文兵衛が言うと、菊も大きく頷いた。

剣一郎は田所文兵衛の屋敷を出て、御徒町からそれほど離れていない下谷七軒町に足を向けた。

下谷七軒町の武家屋敷が並ぶ一角に、るいの嫁ぎ先である高岡弥之助の屋敷があった。

門を入り、玄関に立って呼びかけると、出てきた若党が、

「青柳さま」

と、声を上げた。

「どうぞ、お上がりください」

「うむ」

腰から刀を外し、右手に持ち替えて、剣一郎は若党のあとに従い、客間に行った。

すぐにるいが足早にやって来た。

「父上」

るいは笑みを湛えた。

「元気そうだな」

「はい。父上もご壮健で」

「弥之助は帰っているのか」

「はい。すぐ参ります」

るいが答えると、襖が開いて、弥之助が入ってきた。所帯を持ったことで、たくましさが加わったようだ。

「義父上、いらっしゃい」

弥之助は快活に声をかけた。

「そなたに頼みがあってな」

剣一郎は口を開く。

「なんでしょうか。私に出来ることでしたら、どんなことでも」

弥之助は真顔になった。

「私は向こうに」

るいが腰を上げた。

「うむ」

剣一郎は頷き、るいが部屋を出て行ってから、

「旗本の真庭兵庫と川村大蔵を知っているか」

と、きいた。

「川村大蔵さまは知っております」

「知己(ちき)ということか？」

「じつは、川村さまは何かと話題になるお方でして」

御徒目付はお目付の下で、旗本や御家人を監察する役目がある。

「何か目をつけられているということか？」

「はい。多いのは借金の踏み倒しです。出入りの商人から金を借りたまま返さないと。今のところ、商人の泣き寝入りになってしまっているのですが……」

「罪に問えないのか」

「はい。そのために、潰れた商家もあるという話です」

弥之助は残念な様子で答えてから、

「川村さまが何か」

と、鋭い目できいた。

「御徒組頭の田所文兵衛どのの娘御の縁談で……」

剣一郎は、田所家の菊が真庭兵庫の嫡男兵太郎と川村大蔵の次男大次郎から縁談を申し入れられ、思い悩んでいる経緯を話した。

「それはまたとんでもない話でございますね。縁談を断られたら仕返しをするなどとは、許せません」

弥之助も憤慨し、

「まさに、私とるいのときと同じようです」

と、呻くように言った。

「そうだ。そなたとるいのような苦しみを菊どのに味わわせたくない」

「はい」

「とくに川村大蔵の次男大次郎が問題だ。川村大蔵は田所文兵衛どのの上役である、御徒頭戸坂伊左衛門さまと懇意にしているそうだ。大次郎との話は戸坂さまもしゃしゃり出てきて、田所どのに圧力を加えているらしい」

「では、大次郎どのからの縁談の申し出を断れば、戸坂さまの顔に泥を塗ることにもなるのですか」

「そうなる。以後，田所どのは不遇な仕打ちを受けるやもしれぬ」

剣一郎はやり切れぬように首を振り、

「だから、真庭家と川村家について調べ、太刀打ちするための武器を持っておきたいのだ」

と、言う。

「そんな理不尽を許せません」

「それと、その菊という娘御は、どこかるいに似ておる。他人事とは思えぬのだ」

剣一郎は菊の心細げな顔を思いだした。

「そうですか。なおさら、私も力になりたいと思います」

弥之助は身を乗り出して言う。

「真庭兵太郎と川村大次郎はあちこちで問題を起こしているようだ。とくに市井の者と何かもめ事を起こしたこともあったらしい。どんなことでもよいから探り出してもらいたい」

「わかりました。朋輩にもきいてみます」

「頼んだ」

「はい」

「では」

剣一郎は立ち上がった。

「もうお帰りですか」

「うむ。きょうはこの件を話すために来ただけだ。また、改めて寄せてもらう」

そこへ、るいが駆けつけてきた。

「父上、お帰りですか」

「ああ、今度ゆっくり来る」

「母上によろしく」

剣一郎は弥之助とるいに見送られて引き上げた。


屋敷に帰り、夕餉（ゆうげ）のあと居間にいると、多恵がやって来た。

「いかがでしたか」

田所文兵衛の件だ。

そのときの様子を話したあとで、剣一郎はるいに会ってきたと言った。

「るいは元気でしたか」

多恵は窺うようにきいた。

「元気だ。仕合わせそうだった」

　剣一郎は目を細めて言う。

「そうですか」

　多恵は安心したように表情をゆるめた。

「折りを見て、るいに会ってくるといい。るいも望んでいるだろう」

「はい」

「それより、田所文兵衛どのの息女の菊どのは、るいによく似ていた」

　剣一郎はそのことも多恵に話した。

「まあ」

　多恵は目を見張った。

「よけいに力になってやりたいと思った」

「そうですか。なんとかしてあげたいですね」

　多恵も真顔になった。

「是が非でもうまくことを収める」

　剣一郎は珍しく力んでいた。

　庭で物音がした。多恵が立ち上がって、障子を開けた。春の夜風が入り込んできた。

「どうした？」

「太助さんかと思って」

「まだ忙しくしているのだろう」

「ここしばらく顔を見ていないような気がして」

多恵は寂しそうに言う。

「明日は来るだろう」

剣一郎も何か物足りない気がしていた。やはり、剣一郎も太助がやって来るのを待ち望んでいたのだ。

四

翌日の朝。八丁堀の屋敷の庭に、春の明るい陽射しが射し込んでいる。梅の木も芽吹き、春めいていたが、朝はまだ余寒(よかん)が厳しく、風も冷たいので、剣一郎は濡縁ではなく部屋の中で髪結いに月代(さかやき)を当たってもらっていた。

「首を括らせる死神の噂をご存じでいらっしゃいますか」

髪結いが手を動かしながらきいた。

「いや」

剣一郎は答える。

「三日前、橋場の雑木林で、大道芸人が首を括って死んだのですが、死ぬ少し前に物乞いの年寄りから、首を括るように約束を迫られていたそうです」

「なに、首を括れと？」

「はい。死んだのは全身に灰墨を塗り、自分を丹波で獲れた荒熊だと言って店の前に立つ大道芸人だそうです。その男が物乞いらしい異様な顔をした年寄りから、首を括れと迫られ、わかったと言った。そしてその夜、ほんとうに首を括ってしまったとか……。物乞いの男との約束を守って首を括ったのではないかと」

「奇妙だな」

俄(にわ)かに信じられない話だと、剣一郎は首をひねった。それに、そのような事実があれば、定町廻り同心からの報告にもありそうなものだと思った。

「去年の暮れ、やはり首を括って死んだ男がいました。自死の理由はわからなかったそうです。その男も、同じ物乞いから首吊りを強要されたのではないかという噂が……」

「その男とは？」

「錺職人だそうです。まあ、これは噂が出回ったあとからとってつけたことだと思いますが」

「そうだな」

　剣一郎はふと憂鬱な気持ちになった。

　このような噂にひとはすぐ飛びつく。噂は尾ひれがついて、人心を乱すことになる。そこにつけ込んで悪さを企む輩が出てこないとも限らない。

「噂の出所はわかるか」

　剣一郎はきいた。

「なんでも、死体の身許を知っていた煙草売りが、首を括った男と物乞いの年寄りが話しているのを聞いていたそうです。その煙草売りがあちこちで話をし、聞いた者がまた他人に話した。そういうことでしょう」

　髪結いは元結いで髻を結わえながら言う。

「わずか一日か二日か。噂はあっという間に広まるものだな」

「はい。この手の話はみな好きですからね。聞いたら、他人にもすぐ話したくなるんでしょうね」

「そうだな」

「へい、お疲れさまです」

髪結いは剣一郎の肩の手拭いをとった。

「うむ、ご苦労であった」

鏡に凜(りん)とした顔が映っている。髭も当たり、すっきりした顔だちに左頰(ほお)にある青痣が穏やかな顔を精悍(せいかん)に見せている。若き日に受けた刀傷の跡だ。

道具を片づけ、髪結いが引き上げて行った。

剣一郎は立ち上がり、障子を開けた。

庭先に、太助が立っていた。

「上がれ」

「へい」

太助は素直に濡縁に上がり、部屋に入ってきた。

「青柳さま、すみません。話し声が聞こえました。髪結いが話していた首縊りの件ですが……」

いきなり、太助が切りだした。

「じつは、ホトケを見つけたのはあっしなんです」

そう言い、太助は猫を捜したあとに死体を見つけた話をし、

「植村さまが駆けつけて検死をしていると、煙草売りの清次というひとが近づいてきて、首を括った男と物乞いの年寄りが話しているのを聞いたと訴えたのです」

「京之進の反応は?」

「信じてはいないようでしたが、死んだ男の身許を調べると言ってました」

太助は話したあとで、

「そして、一昨日、その物乞いの年寄りを見かけたんです。古着屋の『松浦屋』の番頭に首を括れと迫っていました。すると、番頭は首でもなんでも括るから、とっととどこかへ行っておくれ、と」

と、そのときの様子を語った。

「番頭は、首を括ると約束をしたということか」

「早く引き上げてもらいたいので、面倒臭くなって、あんな言い方をしたのだと思います」

「そうだろうな」

「で、物乞いのあとを尾けたところ、稲荷町の知恩寺に入って行きました。男の

名は玉堂といい、ひと月ほど前から住職の厚意で、納屋に住んでいるということです」

　太助は話した。

「その物乞いの年寄りはどんな風体だ？」

「瘦せて、伸びた髪を後ろで束ねています。顔の肉がげっそり落ち、頰骨が突き出て、目の色は濁っています」

「あとで、その男のところに案内してもらおうか」

「はい」

　そこへ、多恵が入ってきて、

「太助さん、いらっしゃい。このところ、顔を出しませんでしたね」

と、きいた。

「へえ、本業のほうに追われていまして」

「どうしたかと心配していたんですよ」

「申し訳ありません」

　太助は素直に謝り、

「でも、もう片がつきましたから」

「そう、よかった。では、今夜はうちで夕餉をとりなさい」

「はい」

太助の明るい返事に、多恵の表情もゆるんだ。

剣一郎は多恵の手を借りて出仕の支度をした。


奉行所の脇門を入ると、植村京之進がちょうど町廻りに出るところだった。

「京之進、ちとききたいのだが」

剣一郎は声をかけた。

「はっ」

京之進は畏まってから、

「じつはまだ、下手人らしい男が見つかりません。伜の亀吉の行方も……」

「いや、その件ではない」

京之進は『村田屋』の主人夫婦殺しのことだと思い込んでいた。

「その件はそなたの掛かりだ。わしが口を出すべきことではない」

「では、何を？」

京之進は不審そうな顔をした。

「三日前、橋場で首縊りがあったそうだが」

　剣一郎はきいた。

「はい。太助が見つけたのです」

「そのようだな。死んだ男のことはわかったのか」

「下谷山崎町二丁目の芸人長屋に住む伝助という大道芸人でした。といっても、たいした芸があるわけではなく、ひとが忌み嫌う格好をして門口に立ち、銭をもらっている男でした。歳は三十三ということです」

「まだ若いな。首を括るわけはわかったのか」

「生きていても仕方ないと世間への恨み言のようなことを口にしていたということですが、まさか死ぬなんて、と長屋の者も驚いていました」

　京之進は答える。

「物乞いらしい年寄りに首縊りの約束をさせられたということであったが」

「それは、煙草売りの清次という男がたまたま通りすがりに聞いたということですが、俄かに信じられません。そんな約束でほんとうに死ぬとは思えません」

　京之進は否定してから、

「ただ、長屋から出かけるところに顔を合わせた隣家の男が、どこに行くんだと声をかけたら、約束があると伝助が答えたと言ってました」

「約束か。何の約束かは言わなかったのか」

「はい。自死ということがはっきりしていますので、それ以上は調べていません。ですが、まさか首を括るという約束のことではないでしょう」

「うむ。わかった」

「青柳さま。何か」

「巷で、なにやら噂になっているそうなのでな」

「申し訳ありません。煙草売りの清次があちこちで話の種にしているのかもしれません。よけいなことを言いふらさぬように釘を刺しておくべきでした」

「去年の暮れ、理由もなく首を括って死んだ男がいたそうだが」

　剣一郎はきいた。

「はい。車坂町の空き家で、錺職人の男が首を括りました。でも、この男は博打で大負けして追いつめられていました。自死の理由ははっきりしています」

「なるほど。ともかく、この手の噂は尾ひれがついて、世の中を惑わす。そこに付け入って悪さをする者も出てくるやもしれぬので、町廻りのとき、自身番にも注意を呼びかけておいたほうがいいかもしれぬ」

「わかりました」

京之進と別れ、剣一郎は母屋の玄関から式台に上がり、与力部屋に行った。

礒島源太郎と大信田新吾が待っていて、これから町廻りに出かけると挨拶をした。

「ごくろう」

風が強い日は火災の予防や付け火などの不逞の輩を取り締まるための見廻りで、剣一郎も町に出るが、穏やかな日の巡回はふたりに任せている。

それから、剣一郎は年番方与力の部屋に行った。とうに出仕していた清左衛門は文机に向かって書類を見ていた。

「宇野さま」

剣一郎は声をかける。

清左衛門はすぐ振り返った。

「おう、青柳どの」

「昨日、田所どのにお会いしてきました。いろいろ話をお聞きし、旗本たちの理不尽さに私も捨てておけぬと改めて思いました」

「すまなかった」

清左衛門は頭を下げた。

「顔をお上げになってください」

あわてて、剣一郎は声をかけた。

「どうも公私混同のようで負い目があるのだが、許してくれ」

「いや」

剣一郎は首を横に振ってから、

「菊どのがるいに似ていたので驚きました」

と、口にした。

「そうであったか」

「よけいに、他人事とは思えませぬ。それに、状況がるいと高岡弥之助のときと似ているのです。きっと、よい形でことを収めます」

「頼んだ。うちの奴がくれぐれも青柳どのによろしくと」

清左衛門は深々と頭を下げた。

剣一郎は奉行所を出て、数寄屋橋御門で待っていた太助とともに稲荷町に向かった。ときおり小雪が舞っていたが、稲荷町の知恩寺に着いた頃には陽光が射していた。

練塀で、茅葺き屋根の山門は素朴だが品格があり、扁額は古いが立派なものだ。

納屋に行き、太助が戸を叩き、

「御免くださいな」

と、声をかけた。

返事がないので、太助は戸を開けた。

「御免なさい」

もう一度、声をかける。

「いませんね」

中を覗いて、太助が言う。

一角に古い畳が敷いてあり、ふとんもあった。だが、隙間風が入り、納屋の中は寒そうだ。

ふたりは納屋から離れた。山門のほうに行きかけたとき、杖を突いた男が山門をくぐってきた。

「あっ、あそこに……」

太助が声を出した。

あの男が玉堂その人らしい。剣一郎は男が歩いてくるほうに向かった。柄もわからぬほどのぼろ布を身にまとい、汚れた帯の端は足首までだらりと下がっている。人相は太助の言うとおりで、六十過ぎのように見える。

剣一郎は玉堂の前に立った。

玉堂は止まった。剣一郎に顔を向けたが、表情に変化はない。無言で方向を変え、剣一郎の脇を杖を突きながら行き過ぎようとした。

「待て」

剣一郎は呼び止めた。

しかし、玉堂は聞こえなかったかのようにそのまま歩き続けた。剣一郎はあとを追い、再び玉堂の前に回った。

玉堂はまた足を止めた。剣一郎は相手の顔を見る。しかし、玉堂は相変わらず無表情だ。剣一郎は窪んだ眼窩の奥の焦点の合わぬ目を見つめ、

「わしは南町与力の青柳剣一郎と申す」

と、口をきいた。

「…………」

表情に変化はなかったが、唇が微かに動いた。が、それ以上口は開かなかった。

「そなたに少しききたいことがある」

聞こえたのか、玉堂は首を横に振った。

「話したくないのか」

玉堂は剣一郎の脇をゆっくり過ぎた。

剣一郎はその後ろ姿を目で追っていた。

玉堂は意思の疎通が図れないのだろうか、それとも、あえてあのような態度をとっているのか、判断はつかなかった。

「変な男ですね」

太助が眉根を寄せて言う。

「あの目、苦しんでいるようでもあり、悲しみを湛えているようにも思える」

剣一郎は玉堂に会って不思議な感情に襲われた。かつて自分が接した者とは何かが違っている。

その正体はわからない。

玉堂は寺の奥へゆっくりと歩を進めていった。

五

剣一郎と太助は知恩寺を出てから新堀川を渡り、東本願寺前を通って田原町にやって来た。

「あそこです」

太助が指を指す。漆喰土蔵造りの古着屋『松浦屋』だ。入口に紅色の丈の短い暖簾がかかっている。

剣一郎は暖簾をかき分けて土間に入った。店畳には客が何人かいて、それぞれ奉公人がついて着物を見せていた。

「これは青柳さまで」

手代らしい男が近づいてきた。

「番頭はおるか」

「敬助さんですか。少々お待ちください」

手代は辺りを見回し、番頭の敬助を探した。姿が見えないようで、奥に向かった。

「今の手代が、番頭といっしょに玉堂の相手をしていました」

太助が口添えした。

そこへ、手代が戻ってきた。

「申し訳ありません。今、ちょっと出ているようで」

「得意先にでも出かけたのか」

「どうもふいっといなくなってしまったようで」

「番頭の敬助は行き先を告げずに出かけることはあるのか」

「いえ」

手代は戸惑いぎみに首を横に振った。

「きょうは誰にも行き先を告げずに外出したのか」

「たぶん……」

手代は困惑し、

「お客さまのことであわてて出かけたのかもしれません」

「というと？」

「何か苦情を言われたとか……。わかりません」

手代は首を横に振った。

「主人はいるか」

「今、お得意先に出かけております」

「そうか」

剣一郎は続けた。

「一昨日、店先に物乞いらしい男がやって来たな」

「はい」

「その物乞いが来たのははじめてか」

「はい、はじめてです」

「敬助も出て来て追い払ったそうだが」

「お客さまの御迷惑になるので早く立ち去ってもらいたかったのですが、なかなか動こうとしませんでした。喜捨の銭が少なかったので不満だったのかもしれません」

「敬助に何か言っていたそうだが」

「そうです。なにやら、無気味なことを言ってました」

「どんなことだ？」

「首を括る気はあるか。約束するか、とか」

手代は眉根を寄せて言う。

「で、敬助はどうした？」

「適当に返事をしていました。約束するから早く行けと」

「その後、敬助は何を？」

「それからはお客さまが立て込んできたので、忙しくしていました」

「変わった様子はないのだな」

「はい」

手代は不審そうに眉をひそめ、

「敬助さんに何か」

と、きいた。

「いや、敬助にではなく、その物乞いのことできたいことがあったのだ。また、出直す」

剣一郎は土間を出た。

「とくに変わったことはなさそうですね」

太助がきいた。

「そうだな。だが、敬助がどこに出かけたのか、手代が聞いていないことが気になる。また、夕方にでも来てみよう」

剣一郎はそう言ってから自身番に寄って、店番の家主に物乞いを見たことがあるかきいた。

「はい。何度か見かけたことはあります」

「もめ事を起こしたことは?」

「それはありません」

「そうか」

そのとき、玉砂利を踏んで、誰かが駆けつけてきた。剣一郎は振り返った。

「青柳さま」

さっきの手代だった。

「どうした?」

「敬助さんが……」

手代の声は震え、あとの言葉が続かない。

「敬助がどうした?」

「庭で首を……」

「なんだと」

剣一郎は思わず大声を出していた。

『松浦屋』の庭に駆けつけた。

裏庭の松の樹の枝から男がぶら下がっていた。樹の横には足場にした木箱があった。首に巻きついているのは帯だ。

町役人も駆けつけ、京之進もやって来た。

「青柳さま」

京之進は剣一郎がいることに驚いたようだ。

「事情はあとで話す。まず、ホトケを」

「はい」

京之進はてきぱきと町役人や『松浦屋』の奉公人に指図し、敬助の亡骸を莚の上に下ろした。

剣一郎は京之進とともに亡骸を検めた。誰かに強引に首を括らせられたような証(あかし)は見出せなかった。

『松浦屋』の庭に誰かよそ者が入ってきて首吊りをさせたとは考えづらい。状況を見れば自ら首を括ったのに間違いはなかった。

奉公人たちは、みな一様に、

「敬助さんが、自ら死ぬなんて考えられません」

と、首を傾げた。

「じつは一昨日、物乞いが『松浦屋』の店先に立った。その際、物乞いが番頭の敬助に首を括るかと約束を迫ったそうだ」

「えっ、ほんとうですか」

京之進が目を剝いた。

「太助が一部始終を見ていた」

剣一郎はそのときの様子を詳しく話し、

「いい加減な気持ちだったとしても、敬助は首を括る約束をした。そして、そのとおりになった」

「…………」

京之進は言葉を失っていた。

四半刻（約三十分）後に、主人が庭に駆けつけてきた。でっぷりした男で、二重顎の大きな顔に驚愕の色を浮かべていた。

「敬助……」

主は傍らに立って茫然とした。

「敬助に自ら命を絶つような心当たりは？」

京之進がきいた。

「いえ……」

主は厳しい表情で答えた。

「ちょっときくが」

剣一郎が声をかける。

「一昨日、店の前に物乞いの男が立った。そのとき敬助と物乞いのやりとりを聞いているか」

「いえ。それが何か」

主はきいた。

「いや、知らなければそれでいい」

剣一郎はそう言い、

「敬助は自死に間違いないが、なぜ死を選んだのか明らかにしたい。今後も奉公人から話を聞くことになるだろう」

「わかりました」

剣一郎は主から京之進に顔を向け、

「番頭の自死の理由を調べるのだ」

「はい」

剣一郎はあとを任せ、『松浦屋』の裏口から出た。

「青柳さま。これはいったいどういうことでしょうか。また、物乞いが言ったとおりになりました」

太助の声が強張っていた。

「うむ」

「玉堂のところにもう一度行きますか」

「いや。京之進の調べが済んでからにしよう」

表通りに出たとき、あっと太助が声を上げた。店先に、煙草売りの男が立っていた。

「どうした?」

「物乞いの男に大道芸人が首を括る約束をしていたのを聞いていた、煙草売りの清次です」

「噂を撒き散らした男か」

剣一郎が苦い顔をすると、清次が太助に気づいて近づいてきた。

「いいところで会った」

清次は太助に声をかけたが、すぐに横にいる剣一郎の顔を見て、

「青痣与力……」

と、絶句した。

「清次さん、あっしに何か」

太助がきく。

「いや、その」

清次はうろたえた。

「清次」

剣一郎は呼びかけた。

「へい」

清次は緊張した顔を向けた。

「ここで何をしている？」

「へえ、なんだか中が騒がしいので何かあったんじゃないかと思いまして」

「何かとは？」

「ええ、じつはあっしのお得意さんが一昨日、『松浦屋』に行ったとき、番頭と物乞いが話しているのを聞いたと言いまして」

清次は答えた。

「どんな話だ？」

「首を括る約束をしていたと。じつはあっしも首を括った大道芸人が物乞いとそんな約束をしていたのを聞いていたので、気になって」

「それで番頭の様子を見に来たというわけか」

「へえ、そのとおりでして」

清次は素直に言い、

「で、『松浦屋』で何かあったんですかえ」

と、真顔になった。

「番頭が首を括ったんだ」

太助が言った。

「ほんとうですか」

「清次」

剣一郎は強い口調で、

「物乞いとの約束が理由で首を括ったという証はない。たまたまだろう。あちこちで勝手な憶測で不穏な噂を振りまいてはならぬ」

と、たしなめた。

「へい」

清次は頭を下げたが、

「でも、青柳さま。立て続けに、ふたりの男が首を括ったんですぜ。ほんとうに、偶然でしょうか」

「では、なんだというのだ?」

「あの物乞いは死神かも」

清次は恐怖に引きつったような顔をした。

「清次。そのようなことを言うものではない。死神だと真に受けた者が、自分たちの身を守るためにその物乞いを襲うということもあり得る」

「でも、もしほんとうに死神だったら」

「あり得ぬ。ただの偶然にすぎぬ」

「でも」

清次はまだ納得していないようだった。

「青柳さま。少し清次さんと話をしていきます」

太助が苦笑しながら言う。

「うむ。頼んだ」

あとは太助に任せ、剣一郎は奉行所に戻った。


その夜、八丁堀の屋敷に京之進が報告に来た。

「『松浦屋』の主人、内儀、それに奉公人からも話を聞きましたが、敬助が自ら死を選んだ理由(わけ)はわかりませんでした」

「わからない?」

剣一郎は眉根を寄せた。

「はい。敬助には借金などはなく、何か不幸に見舞われたようなことも一切なかったということです。ただ、昨日はなんとなく元気がなかったと」

「その理由が何か、見当(けんとう)はつかないのだな」

「はい。ただ……」

京之進は続ける。

「関係あるかどうかわかりませんが、敬助はときたま夜に出かけていたようです。いつも四つ（午後十時）までには帰っていたようですが」

「行き先はどこかはわからないのだな？」

「はい。それから近々では夜外出したのは七日前だそうです。外出先で何かあったとしても、二日前まではふつうに過ごしていたそうです」

「様子が変わったのは昨日から、あるいは一昨日の夜以降、つまり物乞いが現われてからということか」

　剣一郎はため息をついた。

「そういうことになります。ですから、奉公人はみな、物乞いの仕業だと思い込んでいるようです」

「困ったことだ」

　剣一郎はやりきれないように言う。

「これでまた、噂が広がるな」

　その時『松浦屋』に居あわせた客も店先に立った物乞いと番頭たちのやりとりを見ているのだ。その者たちの口からも噂は広まるだろう。

「主人の惣兵衛は、なぜ、敬助の外出を許しているのだ？」

「近々、敬助を通いにするつもりだったようです。だから、外出も自由に」

「そうか」

剣一郎は厳しい顔で、

「『村田屋』の主人夫婦殺しの探索で忙しいだろうが、敬助の自死の理由(わけ)をぜひとも探ってもらいたい。物乞いの男のことはわしが調べてみる。不穏な噂が広まるのは防がねばならない」

「はい」

京之進が引き上げたあと、太助が部屋に入ってきた。

「飯をちゃんと食ったか」

「腹一杯いただきました」

太助は満足そうに言い、

「あれから清次さんと話し合いました」

「どうであった？」

「あのひとは、本気で物乞いの玉堂を死神と思い込んでいるようなんです。ですから、おもしろ半分に噂を広めているのではなく、危ないから物乞いに関わるなと注意をしているそうです」

「そうか、信じているのか」

剣一郎は思わずため息が出た。

「清次さんは死んだ大道芸人が住んでいた下谷山崎町の芸人長屋に行って、男について聞き回ったそうです。大道芸人は、親しい仲間に生きていてもいいことはない、いつ死んでもいいと言っていたようです」

「京乃進からも聞いたが、それは最近のことか」

「いえ、何年も前からのようです。口癖のようになっていたとのこと」

「口癖か」

「物乞いの男はそんな弱った心につけこんで自死をさせたのだと清次さんは思い込んでいます」

「弱った心に死神がつけこむというのはそのとおりだが……」

剣一郎は首を傾げた。

しかし、『松浦屋』の番頭の敬助は弱った心の持ち主だったとは思えない。昨日はなんとなく元気がなかったというが、周りからは信頼され、真面目に商いに精を出していたようだ。

敬助には自ら命を絶たねばならぬ何かが出来したにちがいない。それは何か。それがわからぬままだと、物乞いの玉堂が死神と恐れられてしまうかもしれない。

ふと、剣一郎はあることに思いを向けた。

ひょっとして、物乞いの玉堂は妖術とか幻術とか、何か不思議な術を使うのではないかと考えた。

ひとの心を自在に操る術だ。しかし、実際にそのようなことが出来る者が存在するだろうか。

そのような術が使える者が悪意を持つならば、まさにその者は死神となりうるだろう。

もともと剣一郎はそういうことは信じないが、玉堂は今まで接した者と何かが違うと感じた。その何かは、ひとの心を操る術を心得ている者が持つ摩訶不思議さだったのだろうか。

「太助。明日、また知恩寺に行く」

剣一郎はもう一度、玉堂と会わねばならないと思った。

「わかりました。明日の朝、お迎えに上がります」

太助はそう言い、引き上げた。

ひとりになってからも、剣一郎は玉堂のことを考えていた。

第二章　縄目

一

　東風が心地よく吹き抜けていく。冬の間は枯れて縮こまっていた草木も背筋を伸ばしはじめている。

　剣一郎と太助は稲荷町の知恩寺の山門をくぐった。まっすぐ、庫裏の背後にある納屋に足を向ける。

　境内を掃除していた寺男に、

「玉堂さん、いらっしゃいますか」

　と、太助が確かめた。

「いるはずです」

「わかりました」

　太助は会釈をし、納屋に向かった。

納屋の前までやって来たとき、まるで来るのがわかっていたかのようにちょうど納屋の戸が開いて、玉堂が顔を出した。肉がげっそりと落ちた顔からは、感情というものがまったく見つけられなかった。光がさえぎられ、辺り(あた)が暗くなったかのように感じられた。

「昨日会ったな。南町与力(よりき)の青柳剣一郎だ。そなたに訊(たず)ねたいことがある」

剣一郎は切りだした。

玉堂は虚(うつ)ろな目を向けた。

「玉堂、そなた、わしの言葉がわかるか」

剣一郎はやや声を高めた。

「めし」

玉堂は口にした。

「飯?　朝餉(あさげ)か」

剣一郎は問う。

答えず、玉堂は庫裏のほうに歩いていった。

寺男が近づいてきて、

「庫裏に行って握り飯をもらってくるんです」

と、教えてくれた。

「玉堂はこちらの言葉がわからぬのか」

　剣一郎はきいた。

「理解しているのかどうか、わかりません」

　寺男は痛ましげに、

「喜怒哀楽がないんです」

「そうか」

　かすかな足音が聞こえ、玉堂が庫裏から戻ってきた。籠を持っている。握り飯が入っていた。

　こちらに目もくれず、納屋に入って戸を閉めた。

　庫裏から年寄りの僧が出てきた。剣一郎は近づいた。

「これは青柳さま」

　僧が会釈をした。

「ご住職か」

「はい」

「玉堂のことできききたいことがある」

「ひと月ほど前からあの納屋で暮らしているそうだな」

「はい。雨の日、本堂の床下で寒さに震えていたのを見つけ、納屋を貸し与えました。そこが気に入ったのか、居ついてしまったので、そのまま住まわせております」

「玉堂という名は、あの者が名乗ったのか」

「いいえ、私が付けました。本堂の下にいたことから、そう名付けました」

「そういうことか。飯の世話もしているのか」

「朝晩の握り飯だけですが」

「玉堂はまともに話を出来ないのか」

剣一郎はきいた。

「よほどのことがあって、心を閉ざしてしまったのかと。幼子と同じように接すればわかりあえると思います」

「何があったのか」

「詳しいことはわかりません。悲しいこと、苦しいこと、恨(うら)みつらみなどでしょう」

「玉堂が何か」

「そうか」

「青柳さま、玉堂に何か」

　住職は再びきいた。

「じつは、玉堂がかかわった男がふたり、首を括って死んでいるのだ」

「…………」

「ひとりは大道芸人。もうひとりは田原町にある古着屋『松浦屋』の番頭。このふたりに、玉堂は首を括るように約束させている」

　剣一郎はその詳細を話した。

「なんと……」

　聞き終えて、住職は目を見開いた。

「玉堂がひとの心を操るような術を心得ているとは思えぬ。だが、偶然だったにしても、玉堂が首を括る約束を迫ったことを何人かが聞いている。なぜ、玉堂はそのようなことを口にしたのか。それを知りたいと思ったが、あの様子では……」

　剣一郎はため息を漏らした。

「私も確かめてみましょう」

住職は戸惑いぎみに言った。

「お願いいたす。ともかく、妙な噂が広まって、不測の事態を招くこともありえる」

「不測の事態ですと」

「玉堂を死神だと思い込む者もいるだろう。そういった者が玉堂を……」

剣一郎は厳しい顔をした。

「わかりました。十分に注意をいたしましょう」

剣一郎は住職と別れ、山門に向かった。

「太助。すまぬが、きょうからしばらく、玉堂の様子を見張ってくれぬか。何か変わった動きがないか」

「わかりました」

山門で太助と別れ、剣一郎は下谷七軒町に向かった。

四半刻（約三十分）後、剣一郎は高岡家の屋敷で出仕前の弥之助と差し向かいになっていた。

「私のほうからご報告にあがろうと思っておりましたのに恐縮です」

弥之助は頭を下げた。

「いや、近くまで来たのでな。そのついでだ」

剣一郎は弥之助の気を軽くするように言う。

「はい。では、さっそく」

弥之助は居住まいを正し、

「真庭兵庫さまの嫡男兵太郎どのについて、朋輩がすでにその素行を調べておりました」

と、切りだした。

「兵太郎どのはある御家人の妻女を誘惑した。それが問題となり、朋輩が調べることになったとか。ですが、その件はうやむやになってしまったそうです」

「どうしてだ?」

「夫が訴えを取り下げたのです」

「父親の兵庫さまが押さえ込んだのか」

「おそらくは。さらに、女中を手込めにしたということもあったようなのですが、誰もが口をつぐんで、それ以上は踏み込めなかったと」

「その女中は?」

「……自害したそうです」

「自害とな、痛ましい」

剣一郎はやりきれないように言い、

「噂は事実のようだな」

と、ふたりを蔑むように言う。

「はい。すべて、真庭兵庫さまが握りつぶしてしまわれたようです」

「なんという父親だ」

剣一郎は憤慨したが、

「で、最近は兵太郎はおとなしくしているのか」

と、確かめた。

「非道な真似はさすがに控えているようですが、時おり町に繰り出して遊んでいるようです」

「どこだ？」

「深川の仲町の『かね川』という料理屋に揚がって、いつも小次郎という芸妓を呼んでいるということです」

「その程度では、御徒目付の出番はないだろうな」

「はい」

「小次郎という芸妓を贔屓にしているのだな」

剣一郎は確かめる。

「かなり熱を上げているとのことでした」

「菊どのに縁談を申し入れているのに」

剣一郎は吐き捨て、

「兵太郎は御徒目付の目が光っていたことには気づいているのか」

と、きいた。

「はい。気づいていておとなしくしているのかもしれません。朋輩も真庭兵庫、兵太郎親子の悪行を暴きたかったようですが、巧みに逃れられてしまい、悔しがっていました」

「そうか」

「もうひとりの川村大蔵さまの次男大次郎どのですが、酒癖が悪いことも、無礼討ちと称して奉公人を手討ちにしたことも事実でしたが、真庭兵太郎どのと違って、最近は屋敷にこもっているようです」

「しかし、無礼討ちも屋敷内でのことだ。屋敷内までは、さすがに目は届くまい」

「朋輩によれば、家中の者もおとなしくしていると言っているとか」

剣一郎は首を傾(かし)げた。それまで好き勝手していた者がじっとしていられるのか。心を入れ替えたのか、それとも菊を手に入れるまではと、自制しているのか。

「以上です。他に何か調べることがあれば」

弥之助がきいた。

「いや、十分だ。また手を貸してもらうこともあろうが、今はいい。あとはわしのほうで調べる」

「そうですか。話を聞いた限りにおいては、ふたりとも菊どのの壻(むこ)にふさわしいとは思えません」

弥之助は厳しい顔で言い、

「どうか、菊どのを助けて上げてください。るいと似ているとなると、なおさら心配になります」

「うむ」

剣一郎は頷(うなず)いた。その言葉からも、弥之助がるいを大事にしてくれていることが窺え、弥之助に心の内で感謝をした。

るいに挨拶をしてから、剣一郎は高岡家を出た。

一刻（約二時間）後、剣一郎は深川にやって来た。

八幡橋を渡り、一の鳥居をくぐると、櫓下、続いて仲町の花街である。さらに先に行くと土橋になる。

剣一郎は仲町にある料理屋『かね川』の門の前に立った。深川の岡場所は主に七つある。その深川七場所のうちで、高級とされるのが仲町と土橋だった。

『かね川』は昼間も商売をしており、客の出入りも多かった。黒塀が続き、枝振りのよい松葉を透かして二階の窓が見える。冠木門を入ると玄関まで敷石が続いている。

剣一郎は編笠をとって土間に入り、出てきた女中に女将を呼んでもらった。

「はい、ただいま」

女中は急いで帳場のほうに行った。

すぐに女将がやって来た。

「まあ、青柳さま。お久しぶりでございます」

何度か、宇野清左衛門とともに揚がったことがあり、また御用の筋で聞き込みに来たこともあって、女将とは顔馴染であった。

「ちょっとききたいことがあるのだが」

剣一郎は声を抑えて、

「客のことは口に出来ないと思うが、こっちが言うことに違っていたら違うと、そのとおりだったら黙っていてくれ」

と、女将の性分を知る剣一郎は、そういう言い方をした。

「わかりました」

「ここに、旗本真庭兵庫さまの子息、兵太郎どのがよく来ると聞いている。間違いないか」

「…………」

女将は無言でいる。

「何人かで来るのか」

「…………」

「みな侍か」

「いいえ」

「商人もいるのか」

「………」

「侍も商人もいるということか」

「………」

どうやら、兵太郎の遊び仲間には真庭家に出入りをしている商人も含まれるようだ。

「小次郎という芸妓を呼んでいるという話だが」

「………」

「小次郎のいる子供屋を教えてもらいたい」

子供屋とは芸妓と娼妓の家である。

客のことではないので、女将は口を開いた。

「『萩の家』です。八幡さまの裏にあります」

「兵太郎どのはここで何か騒ぎを起こしたりしなかったか」

「………」

「そうか」

やはり、ここでももめ事を起こしたのだろう。

「助かった。礼を言う」

「申し訳ありません。歯切れが悪く」

「いや、いくら奉行所に対してでも、客のことをべらべら喋るのはよくない。女将が謝らずともよい」

「はい」

女将は頷いてから、

「何かございましたか」

と、きいた。

「じつは、兵太郎どのに縁談が持ち上がっていてな。相手の親御どのが兵太郎どのの素行を心配していなさるのだ。それで、調べているというわけだ」

剣一郎は当たり障りのないことのように言う。

「そうですか」

女将は眉根を寄せた。

どうやら、兵太郎にいい印象を持っていないようだ。その理由をきいても答えづらかろうと思い、剣一郎は挨拶して引き上げた。

富岡八幡宮の裏手に行って『萩の家』を探し、格子戸を開けた。

御神灯が掛かっている。剣一郎は土間に入って呼びかけた。すぐ横の部屋から半玉らしい十二、三歳くらいの娘が現われた。

「南町与力の青柳剣一郎と申す。小次郎を呼んでもらいたい」

剣一郎が言うと、娘はすぐに奥に行った。

しばらくして芸子島田に結った鼻筋の通った若い芸妓が出てきた。

「小次郎です」

凛とした表情で、芸妓は名乗り、

「青柳さまのお噂はかねがね伺っております」

歯切れのいい口調からも、小次郎は江戸育ちであろうと想像した。

「そなたの客である真庭兵太郎どのについて教えてもらいたいのだ。じつは、縁談が持ち上がっていて……」

料理屋の女将に話したのと同じことを口にし、

「そなたから見て兵太郎どのはどのような男かな」

と、剣一郎は確かめた。

「お答えに困ります」

「誰に言うわけでもない」

「わかりました」

軽く頷き、小次郎は続けた。

「真庭さまはとても気の短いお方です。思い通りにならないと、すぐに怒ります。でも、それはご身分ゆえでしょう。そのことを除けば、とても頼りになるお方だと思います」

「好悪(こうお)、どちらともとれる言い方だな」

「いえ」

「兵太郎どのは何も問題を起こしてはいないか」

「喧嘩(けんか)ぐらいでしょうか」

「喧嘩？」

「はい。私を贔屓にしてくださる旦那(だんな)さま方といがみ合いに」

「そなたの取り合いか」

「それがきっかけでしょうけど」

「詳しく聞かせてもらいたい」

「半月ほど前に、同時におふたりから声がかかったんですよ。おふたりは『かね川』に揚がってました。ですから、私はふたつの座敷を掛け持ちだったのですが、向こうの旦那のところから戻るのが遅れたら、真庭さまがそちらの座敷まで乗り込んできました」

「それで喧嘩になったのか」

「その場は言い合いで済んだのですが、後日、町中でももめたようです」

「その旦那というのは誰だ？」

「『半田屋』の旦那の半五郎さんです。口入れ屋をされています」

「どこにあるのだ？」

「佐賀町です」

「町中でもめたときは、怪我人は出たのか」

「いえ、それはなかったようです」

「そうか。わかった。邪魔をした」

剣一郎は『萩の家』を出て、来た道を戻った。永代橋の袂から佐賀町に足を向ける。

口入れ屋『半田屋』はすぐわかった。

剣一郎は編笠をとって暖簾（のれん）をくぐった。帳場格子に番頭ふうの男が座っていた。剣一郎の左頬（ほお）を見て、すぐ青痣（あおあざ）与力とわかったようで、畏（かしこ）まって会釈をした。

「主人の半五郎に会いたいのだが」

「あいにく出かけております。戻るまで、あと一刻ほどかかると思います」

「そうか。いや、急ぎの用ではない。またにしよう」

剣一郎は土間を出て、永代橋に向かった。

半五郎と真庭兵太郎はもめていたようだが、乱闘になるような激しい喧嘩にはなっていないようだ。

真庭兵太郎はそれほど無茶を続けているわけではないという印象を持って、剣一郎は深川から引き上げた。

二

翌日、剣一郎は深川佐賀町の口入れ屋『半田屋』を訪れた。

帳場格子に座っていた三十半（なか）ばぐらいの男が立ち上がって上がり框（がまち）までやって

来た。

「青柳さま。昨日、お訪ねになったと聞きました。半五郎にございます」

半五郎は如才（じょさい）なく言う。額が広く、切れ長の目に高い鼻、口元は綻（ほころ）んでいるが、目は笑っていない。

「ききたいことがあってな」

剣一郎は口を開いた。

「なんでございましょうか」

「真庭兵太郎という侍を知っているか」

「真庭兵太郎ですかえ」

半五郎の顔色が変わった。

「知っているのか」

「へえ、まあ」

「どういう間柄だ？」

「別に親しいわけじゃありません」

「『かね川』でよくいっしょになるそうだな」

剣一郎は言うと、半五郎は苦笑した。

「ええ、まあ」

「小次郎という芸妓をふたりで取り合っているとか」

「ご存じでしたか」

「当の小次郎に会ってきた」

「確かに、あの侍と張り合っていますが、あっしは小次郎を取り合っているつもりはありません。あの侍の横柄な態度に我慢がならないだけです」

「そなたの座敷に、真庭兵太郎が乗り込んできたとか？」

「ええ。親の威光を笠に着て威張っていました」

「町で出会って、もめたそうだが？」

「ただ、睨みあっただけです。向こうも仲間がいるから強気でした」

「乱闘にはならなかったようだが」

「はい。お互い、そこまでばかではなかったということでしょうか」

「真庭兵太郎はそなた以外の誰かと問題を起こしてはいないのか」

「深川では、何もないようです」

「そうか。わかった。ところで」

剣一郎は、念のためにきいた。

「そなたのところは真庭家には中間などを世話していないのか」

「していません。お屋敷は駿河台ですから、ここからは少し離れていますので」

「そうだな。もうひとつ、旗本川村大蔵さまの次男大次郎どのを知っているか」

「川村大蔵……」

「知っているのか」

「聞いたことがあります。あっ、そうだ」

半五郎は思いだして、

「じつは須田町にある口入れ屋の主人が、旗本屋敷に世話をした中間が無礼討ちに遭ったという話をしていました。確か、その旗本が川村大蔵さまだったような」

「それはいつごろのことだ？」

「半年ほど前だったと思います」

「その口入れ屋は？」

「へえ、『恵比須屋』さんです。主人は政五郎という男です」

「須田町の『恵比須屋』だな」

剣一郎は礼を言い、半五郎と別れた。

新大橋を渡り、須田町へと足を向けた。

『恵比須屋』は間口の広い店で、帳場格子が三つも並んでいる。そのうちの二つは客がいて、剣一郎は空いているほうの帳場格子に座っている男に声をかけた。

「主人の政五郎を呼んでもらいたい」

「少々お待ちください」

番頭らしい風格の男は長く垂れ下がっている暖簾の向こうに消えた。

しばらくして、細身の四十前後と思える男が暖簾をかき分けてやって来た。

「主の政五郎でございます」

「南町の青柳剣一郎だ。教えてもらいたいことがある」

「はい」

政五郎は板敷きの間に腰を下ろした。

剣一郎は土間に立ったまま、

「こちらで旗本屋敷に世話をした中間が、無礼討ちに遭ったと聞いた。間違いないか」

「はい。そのようなことがありました」

「いつごろだ？」

「半年ほど前でした」

「その旗本家とは？」

「川村大蔵さまです」

「中間の名は？」

「重助（じゅうすけ）といい、渡り中間です」

「なぜ、無礼討ちに遭ったのか、理由（わけ）をきいたのか」

「部屋に忍び込んで金を盗んだということでした。そのことを、次男の大次郎さまが問い質（ただ）すと、重助がいきなり飛びかかってきたので、斬（き）り捨てたということでした」

「それを聞いて、どう思った？」

「重助はそのような真似をする男じゃありません。金を盗んだのも何かの間違いではないかと思いましたが、こっちの言い分など通りませんから」

政五郎は口元を歪（ゆが）めた。

「大次郎が重助を斬ったことは間違いないのか」

「間違いありません。何人かの奉公人の前で、斬ったようですから」

「大次郎に会ったことはあるか」

「はい。その件で、お屋敷に行ったときにお会いしました」

「どんな男であった？」

「なんでも自分の思い通りにならないと気がすまないお人柄のようで。重助を無礼討ちにしたっていいますが、ほんとうは大次郎さまが金を盗んだんだと思っています。それを重助に見つかったので口封じのために斬ったんだと。あっしはそう睨んでいますが、なにせ証はありませんから」

政五郎は憤然と言う。

「重助に身内は？」

「いません。上州あたりから出てきてどこかの商家に奉公をしていましたが、そこを辞めたあとは転々と。三、四年前にここに仕事を求めてやって来たんです。それからはいくつかの屋敷を渡り歩いていました」

「商家の奉公を辞めた理由はわかるか」

「いえ、わかりません。一度、きいたことがありますが、言いたくなさそうでした。ですから、どこの商家かもわかりません」

「自分で辞めたのか。それとも辞めさせられたのか」

「わかりません」

重助が辞めさせられたのだとしたら、その理由はなんだろうか。川村大次郎の言い分を信じるとしたら、手癖(てくせ)の悪さか。

事実がわからない以上、一方的に川村大次郎が悪いとは言えない。

「もし、重助のことで何かわかったら教えてもらいたい」

「わかりました。重助といっしょに川村家で中間奉公をしていた男もおりますので、何かの折りにきいてみます」

「頼んだ」

剣一郎は『恵比須屋』を出た。

須田町から筋違御門(すじかいごもん)を抜け、剣一郎は御徒町に向かった。すっかり春めき、柳原(やなぎわら)の土手の柳も芽吹きそうだ。

剣一郎は御徒組頭の田所文兵衛の屋敷を訪れた。玄関で訪問を告(つ)げたが、あいにく文兵衛は出仕しており留守だったので、客間で菊と会った。

「真庭兵太郎どのと川村大次郎どののことを調べた。やはり、噂は間違っていないようだ」

剣一郎は続けた。

「菊どのは自分の思うとおりにすべきかと思う」

菊の表情が翳る。

「ちょっと心配なことが……」

「心配なこと？」

剣一郎はきき返す。

「じつは、今、前島滝三郎さまがお見えなのです」

「そなたが心に決めたお方でござるな」

「はい。滝三郎さまから気になることをお聞きしたのです」

「気になること？　滝三郎どのから直に話を聞きたい」

「はい。ちょうどいらっしゃっているので、すぐにお連れします」

菊は部屋を出て行き、すぐ若い侍を連れて戻ってきた。
二十二、三歳の細面の凜々しい若者だった。切れ長の目は澄んでいる。
「前島滝三郎にございます。青柳さまのご高名は我ら御徒衆の間でも知れ渡っております。このたびはいろいろ……」

「いや、堅苦しい挨拶は抜きだ」

剣一郎は言い、

「ともかく、気になる話とやらをお聞かせねがいたい」

「はい」

滝三郎は居住まいを正し、

「じつは近頃、出仕の際や帰り、常(つね)に誰かに見張られているような気がしてなりません。一度、気配に振り返ったとき、さっと物陰に隠れた影を見ました」

「何か心当たりは？」

「ありません。菊どののことだけです」

「やはり菊どののことと関わりがあると？」

「はい」

「誰だと？」

「真庭兵太郎さまか、川村大次郎さまの手の者ではないかと」

「なぜ、そう思う？」

「数日前、他の組の組頭さまから、栄達(えいたつ)の話を持ち掛けられました」

「栄達？」

「はい。勘定方(かんじょうがた)の支配勘定に推挙(すいきょ)してもいいと」

「学問吟味を受けずにか」

人材登用のための試験に合格しなければ、勘定奉行勝手方へ移ることは出来ないはずだ。

「いえ、便宜を図ると」

滝三郎は顔をしかめ、

「……その代わり、菊どのを諦めろと」

「なに」

剣一郎は憤然とした。

「私はお断りいたしました。菊どのはもはや私の妻と思っていると申しました。すると、そなたのためを思って言っているのにと、お怒りになって……」

「なんと狡猾な」

剣一郎は怒りを抑えながら、

「よくぞ撥ねのけた」

と、滝三郎を称えた。

「でも、滝三郎さまには飛躍の大きなきっかけになったのでは……。それを私が阻んだのだとしたら」

菊が口をはさんだ。

「私にとって大事なのは栄達ではない。菊どのだ」

滝三郎は激しい声で訴えた。

「滝三郎さま」

菊は目を潤ませた。

「栄達の話は信用出来ぬ。おそらく、でたらめだろう。菊どのを諦めさせるための方便でしかない。学問吟味に手心を加えるなど出来るとは思えぬ」

剣一郎は菊をなだめる。

「私は自分の力で、学問吟味に受かってみせます」

滝三郎は力強く言ったあとで、

「その話をお断りした直後から何者かに尾けられているのです。それで、栄達の話を断ったからだと」

「それは十分に考えられる」

剣一郎は頷く。

「私に危害を加えようと、隙を狙っているのではないかと。そこまでする相手なら、正式に申し入れをお断りしたら、今度は菊どのに危害を加えようとしないか心配になり、注意をしにやって来たのです」

「そろそろ、返事をする期限か」

剣一郎は菊の顔を見た。

「はい、明後日にお返事をいたします」

「青柳さま。噂によれば、真庭兵太郎さまと川村大次郎さまは、ともにかなり自尊心の強いお方だそうです。それだけに誇りを傷つけられたと逆上して……」

滝三郎は不安な顔をした。

「心配いたすな。手を打っておく」

高岡弥之助の朋輩に、真庭兵太郎と川村大次郎を牽制してもらおうと思った。

田所家を辞去してから、剣一郎は下谷七軒町の高岡弥之助の屋敷に行った。

やはり、弥之助はまだ戻っていなかった。るいと語らいながら、剣一郎は弥之助の帰りを待っていた。

三

翌朝、奉行所の脇門を入ると、ちょうど京之進が同心詰所から出てきたところだった。

「青柳さま」

京之進が近寄ってきた。

「その顔つきでは何か進展があったようだな」

「はい」

京之進ははっきりした声で続けた。

「『村田屋』の主人夫婦殺しの下手人に似た特徴の男を見つけました。指物師の善造が見たという、歳の頃は二十五、六の扁平な顔をした男です」

「そうか。その男の名は？」

「六輔です。本所界隈をうろついているならず者で、『村田屋』の主人夫婦とはつながりはないのですが、倅の亀吉とつるんでいたという話です。本人は認めないので、これから善造に首実検させます」

「その亀吉は見つかったのか」

「はい。今は主人夫婦が死んだあとの家に入り込んでいます。それまでは本所の一つ目弁天の近くにある長屋で暮らしていたとか」

「ふた親の死をどのように感じているのだ？」

「何も感じていないようです」

「親が死んでも何も感じないのか」

「実の親ではないと、亀吉は言ってました。貰い子だそうです。それで、親に対して冷淡なようで」

「そうか」

「六輔が下手人だと明らかになったら、誰に頼まれたのかを厳しく問い質します」

「ご苦労であった」

剣一郎は労いの声をかけ、門を出て行く京之進と別れ、与力部屋に行った。

真庭兵太郎と川村大次郎には御徒目付が会いに行き、ふたりに妙な動きをしないように釘を刺してくれることになっている。剣一郎は物乞いの玉堂がからむ不可解な自死騒動について調べることにした。

剣一郎は例繰方与力部屋に行った。例繰方は事件の経過や処罰の内容を記録した御仕置裁許帳を整えて保管している。

棚には膨大な書類が山積みされていた。剣一郎が手にとったのは解決した事件の記録ではなく、未解決のものを記した帳面だった。

事件として取り上げられなかった不可解な出来事も記してある。剣一郎はその中に、今回と同じような出来事が記録されていないかを調べた。

享保や寛政の時代の記録に神の御告げと叫びながら両国橋から大川に飛び込んで死んだ女のことや、狐憑きにかかって町中を走り回った末に頓死した男のことなどが記されていたが、これらは自ら死んでいる。今回のように、誰かに首吊りを強要されたという事例は見つからなかった。

半刻（約一時間）ほどしたとき、見習い与力が声をかけた。

「こちらだとお伺いし、参りました。宇野さまがお呼びにございます」

「ご苦労」

剣一郎は書類を元の場所に戻して、年番方与力の部屋に行った。

「宇野さま、お呼びでございましょうか」

文机に向かっていた清左衛門は振り返った。

「長谷川どのがお呼びなのだ」

内与力の長谷川四郎兵衛のことだ。

清左衛門といっしょに内与力の用部屋の隣にある部屋に行くと、すぐに長谷川四郎兵衛がやって来た。

「ごくろう」

剣一郎は低頭して迎えたが、四郎兵衛は軽く会釈をしただけだ。

内与力の長谷川四郎兵衛はもともと奉行所の与力ではなく、お奉行が赴任と同時に連れて来た自分の家臣である。お奉行の威光を笠に着て、態度も大きい。このとに、剣一郎を目の敵にしている。

しかし、そんな四郎兵衛も、奉行所一番の実力者である清左衛門には気を使っている。清左衛門は金銭面も含めて奉行所全般を取り仕切っている。清左衛門にへそを曲げられたら、お奉行とて何も仕事が出来ない。

「先ほど下城されたお奉行がご老中から訊ねごとをされたそうだ」

四郎兵衛が改まった口調で言う。

「奇妙な首縊りが三件あったそうだな」

「首縊りですか」

「そうだ、さる大名の留守居役が屋敷出入りの商人から聞かれたとか。そして大名がご老中に告げた」

「はい。ですが、奇妙な首縊りは三件でなく、二件です」

剣一郎は訂正した。

「いや町の噂では三件だということではないか。物乞いに首を括るように約束させられ、そのとおり首を吊る。そんなことが三件も続いた」

「二件は確認しています。もう一件は去年の暮れのことだと思いますが、これについては、その物乞いとのつながりは確かめられておりません」

　剣一郎は応じた。

「では、二件は物乞いに首縊りを約束させられているのは間違いないのだな」

　四郎兵衛が厳しい声で言う。

「はい」

「世間はその者を死神ではないかと言っているようではないか。死神はひとの心に入り込んで死に誘うものだとか」

　四郎兵衛はため息をついて続ける。

「よもや死神など存在するとは思えぬが、このような話はひとの好奇心を無用に刺激し、人心の不安を招く恐れがある。速やかに、ひとびとの不安を取り除いてもらいたい」

「はい、仰せのとおりです」

　剣一郎は頷き、

「そのために、物乞いの男、玉堂については慎重に調べを進めているところです」

「生ぬるい」

四郎兵衛は身を乗り出し、

「何らかの罪で捕縛(ほばく)すべきではないか」

「しかし、玉堂にひとの心を操るようなことが出来るとは思えません。二件のうちのひとりは門口に立つ大道芸人、それも荒態の格好をするだけの男です。この者は日頃から死にたいと口にしていたのです。玉堂の脅(おど)しとはまったく関係がなかったということも考えられます。すると、奇妙な死は古着屋『松浦屋』の番頭だけです。そしてこちらは、ただの偶然ということもあり得ます」

「その番頭には自死するわけがはっきりとあったということか」

「詳しく調べねばならないでしょう」

京之進は店の主人や奉公人から話を聞いているが、果たして十分に調べられていたか。あるいは、誰かが嘘(うそ)をついているということも考えられる。

「もし、新しい死者が出たらどうするのだ。もはや、死神であるとしか考えられぬとなるのではないか。瓦版(かわらばん)はさらに大騒ぎするだろう。今のうちにその芽を摘んでおかねばならぬ。これはお奉行のお言葉だ」

　四郎兵衛は強く言う。

「まだ、早すぎます。何もしていない者を牢屋敷に閉じ込めるわけにはまいりません」

「牢屋敷がまずいならば、溜(たまり)ではどうか」

　溜は病気になった囚人(しゅうじん)が治療を受ける施設だ。そこに病を理由に強制的に閉じ込めてしまおうというわけか。

「どうしてもというのであれば、小石川養生所(こいしかわようじょうしょ)ならばよいかと。玉堂は病を患(わずら)っていることも考えられますので」

　小石川養生所は幕府が作った貧しい者のための治療所だ。囚人のための溜とは違う。

「養生所に閉じ込めておくのは難しくはないか」

　四郎兵衛は不満そうに言う。

「いえ、同心詰所もありますゆえ」

　養生所見廻り与力と同心がいて、同心は毎日交替で養生所に詰めている。

「しかし、彼らは金銭面の管理を担(にな)っている」

役目は幕府から出ている金の使い道の監視だ。

「確かに。しかし、同心の目は行き届きましょう。本来のお役目以外のことも任せられます」

剣一郎がそう言ったとき、

「青柳どのは玉堂に会ったそうだな」

と、清左衛門がきいた。

「会いました」

剣一郎は清左衛門に顔を向けた。

「どんな印象を持った?」

「確かに尋常ではないように感じました。なれど、他に害をなす者には思えませんでした」

「しかし、現に死者が出ておる」

また四郎兵衛が口を出した。

「長谷川さまはいかに思われているのですか」

剣一郎は逆にきいた。

「何がだ?」

「玉堂の正体はほんとうに死神だと思われますか。死神を信じておられるのですか」

「死神などあり得ぬ」

「では、どうやって玉堂がふたりを首吊りさせたと想像されますか」

四郎兵衛は首を横に振った。

「わからぬ」

「死神でなければ、玉堂がひとの心を操る術を心得ているということです。ですが、そのような術が存在すると思われますか」

「いや。そんなことが出来るとは思えぬが」

四郎兵衛は唸って、

「だが、玉堂は首を括るよう促しているのは事実ではないか」

「はい。確かに」

「だから、その玉堂を捕まえて取り調べるべきだと言っているのだ。少なくとも、どこかに閉じ込めて……」

四郎兵衛がいらだったように言う。

「玉堂が首を括るように言ったとしても、それによってふたりが首を括ったという証はありません。最前も言いましたが、偶然が重なっただけかもしれない。ですから自由を奪うことは出来ません。ただ、玉堂の動きは見張っておりますが」

「強情な」

四郎兵衛は顔を歪め、

「お奉行には青柳どのが反対したと報告しておく。だが、新たな首吊りが起こったら、そのときは玉堂を捕らえて隔離するのだ。宇野どのもよろしいか」

と、剣一郎と清左衛門の顔を交互に見た。

「わかり申した」

清左衛門が厳しい顔で頷いた。

四郎兵衛は部屋を出て行った。

「相変わらずの御仁だ。だが、長谷川どのの言い分にも理はある。その玉堂をなんとかせねば……」

清左衛門はふと話を止め、改めて、

「それにしても、ほんとうにひとの心を操るなど出来ようか」

と、疑問を呈した。

「昔の犯科帳に同じような事例がなかったか調べてみたのですが」

「修験者や学者などに詳しい者がいるのではないか。きいてみたらいかがか」

清左衛門は口にした。

「私もそう思いました。昔からの言い伝えや古い文献にもその類の話が載っているかもしれません。しかし、それはあくまでも言い伝えでしかありません。ひとの心を操ることの出来る仙人の話を修験者がしたとします。しかし、それが事実かどうかわかりません。事実かどうかわからない言い伝えを、玉堂に当てはめても意味はありません」

「しかし、戦国の世には幻術使いがいたそうではないか。過酷な修行を積んで、特殊な術を身につけることは考えられるのではないか」

「それもあり得ないことではないかもしれません。ただ、玉堂からそのような修行を積んできた鋭さは感じられないのです」

「つまり、ひとの心を操る術を修得しているわけではないと？」

清左衛門はきく。

「大道芸人の男は死にたいと漏らしていたようなので、うまく言い含めれば首を括らせることは容易だったかもしれません。しかし、ふたり目の番頭とはたまたま顔を合わせただけです。長きに亘り接していれば、ひとの心を操ることが出来るやもしれません。しかし、玉堂と番頭が会ったのはほんの僅かな暇でした。それではとうてい心を操るのは難しいと思います」

「では、どうやって首を括らせたのか」

「我らにそのように見えているだけかもしれません。それがどういうことかわかりませんが」

　剣一郎は首を振った。

「青柳どの。このことには本気で立ち向かわぬとならぬ。田所文兵衛のことをお願いしていたが、それどころではない」

「いえ、それはそれです。そちらもなんとしてでも無事に収めたいと思っております」

　剣一郎は菊のことも捨ててはおけないと思っている。

「いつもいつも頼って申し訳ないが、青柳どのだけが頼りだ。苦労をかけるが、頼む」

　清左衛門は頭を下げた。

「どうかお顔を上げてください。私は自分に与えられた使命を全うするだけです。さあ、ここを出ましょう。いつまでもここにいると、長谷川どのに妙に思われます」

　そう言い、剣一郎は腰を上げた。

　西陽を浴びながら、剣一郎は稲荷町の知恩寺の山門をくぐった。境内に、参詣する人の姿がちらほら見える。

　庫裏のほうに向かうと、本堂の裏手から太助が現われた。

「玉堂はずっと納屋にいます。さっき、夕餉の握り飯をもらって納屋に戻りました」

　近寄って、太助は言う。

「ごくろうだった。一日の見張りは疲れたろう」

「なあに、へっちゃらです」

　太助は元気な声を出した。

「玉堂に会ってみる」

　剣一郎は納屋に向かった。

　太助が納屋の戸を叩き、声をかける。

「開けますぜ」

太助は戸を開けた。

行灯に火が灯っていた。玉堂は莚の上に座って、頭上に手を伸ばしていた。何かを摑むような仕草をしている。

「玉堂さん」

太助が声をかける。

玉堂は虚ろな目をこっちに向けた。

「蝶だ」

「蝶？　そんなのどこにいるんですかえ」

太助は不思議そうにきいた。

しかし、玉堂は答えない。太助は困惑したように剣一郎に顔を向けた。

「玉堂、南町の青柳剣一郎だ。そなたと少し話がしたい」

剣一郎はそう言い、腰の刀を外して莚に膝をつき、玉堂の顔を真正面に見た。

「…………」

玉堂の口が少し開いたが言葉にならない。

「そなた、生まれはどこだ？」

「…………」

玉堂は首を横に振った。

「生まれた場所がわからぬか」

玉堂は頷いた。

「ここに来るまでにどこで暮らしていたのか？」

「山……」

「山？　どこの山だ？」

「…………」

玉堂は首を傾げる。

どうも気が定まっていない。玉堂は正気を失っているのか。それとも、そのような振りをしているのか。

やはり、医者に見せたほうがいいかもしれない。小石川養生所に手続きをとってみようと思った。

「玉堂。また明日来る」

相手が理解出来るかどうかわからないが、剣一郎は声をかけて立ち上がった。

外に出ると、太助が口をきいた。

「きょうは話をしてくれましたね。でも……」

「病（やまい）だろう。小石川養生所で養生をさせてみたい」

山門を出て、剣一郎は太助に言う。

「煙草売りの清次に会いたい。案内してくれ」

「わかりました」

辺りはすっかり暗くなっていた。太助は阿部川町の万兵衛店に案内し、清次の住まいの腰高障子の前に立った。

「御免なさいよ」

太助は戸を開けた。

ちょうど帰ったばかりのようで、清次は足を濯（すす）いでいた。

「おまえは……」

清次は太助を見たが、すぐ横に立つ剣一郎に気づいてあわてて手拭（てぬぐ）いで足を拭（ふ）いて桶（おけ）を脇にやった。

部屋に上がって、清次は畏まった。

「どうも、青柳さま。あっしはもう噂を撒き散らしちゃいません。瓦版屋があっしにききに来ましたが、適当に追い払いました」

「そうか。瓦版屋に目をつけられたか」

「へい。評判になっちまいますね」

「うむ。困ったことだ」

　剣一郎はため息をついてから、

「首を括った大道芸人のことだが、物乞いの男とのやりとりをもう一度詳しく教えてもらいたい」

「へい。あっしが上野山下からここに帰る途中、広徳寺の前で大道芸人の男と物乞いの男が言い合っているのを見かけたんです。そのとき、約束どおり首を括るんだという声が聞こえ、驚いて振り返りました。はっきり、物乞いの男は首を括れと言ってました。そのあとで、大道芸人の男はわかったと答えていました」

「そのときはどう思ったのだ？　本気にしたか」

「何か冗談を言っているのかと思いましたが、ふたりの様子からはそのようには見えなかったので、不思議でした」

「大道芸人の男は荒熊の姿をしていたのか」

「顔の墨は落としていましたが、首から下はまだ黒かったようです」

「それで、翌朝、首吊りの騒ぎを聞いて現場に駆けつけたのか」

「はい。翌日の朝、行商のために今戸に行ったら、棒手振りが首吊りがあったと話していたので、もしやと思い、現場に駆けつけました。そしたら、大道芸人の男が死んでいました」

「そのあと、死んだ大道芸人のことを調べているな」

「はい。なんだか気になったので、下谷山崎町の芸人長屋に行って、男について聞き回りました、すると、周囲の者に生きていてもいいことはない、いつ死んでもいいと言っていたと聞いたんです。だから、物乞いの男が死にたがっているのを知っていて、首縊りを勧めたのかと思ったんです。大道芸人の男は死にたいと口にはしていたが、本気で死ぬ気はなかったんじゃないでしょうか。でも、物乞いの男の言葉でその気になってしまった……」

背筋に悪寒が走ったように、清次は体を震わせた。

「そうか。よくわかった。だが、ふたりがどこで出会ったのか気になる」

「たぶん、田原町だと思います」

「どうして、そう思うのだ？」

「東本願寺前の仏具屋の番頭が、ふたりがいっしょに菊屋橋のほうに歩いて行くのを見ていたんです。ですから、田原町だと」

「なるほど」

「青柳さま。どこで出会ったか調べましょうか」

清次が言う。

「調べられるか」

「田原町界隈は行商でいつも歩いていますから、知り合いがあちこちにおります。誰かが、覚えているかもしれませんので」

「そうか。では、何かわかったら、この太助に伝えてくれ」

「わかりました」

清次は太助に目をやった。

「あっしの住まいは人形町通りです」

太助が長屋の場所を伝えた。

剣一郎と太助は長屋をあとにし、田原町に向かった。

四

古着屋の『松浦屋』は大戸を閉めるところだった。

太助が手代に声をかけた。

「主人に会いたい」

剣一郎は取り次ぎを頼んだ。

「はい」

手代はあわてて奥に向かった。

しばらくして、でっぷりと肥えた男が現われた。

「主(あるじ)の惣兵衛(そうべえ)でございます。青柳さま。どうぞ、こちらに」

惣兵衛は店畳の横にある小部屋に剣一郎と太助を通した。

「番頭のことで?」

向かい合ってから、惣兵衛がきいた。

「うむ。今、妙な噂が流れている」

「死神にとり憑かれたという話ですね」

「そうだ。番頭の敬助は自分で首を括ったのは間違いない。しかし、敬助にほんとうに自死の理由がなかったか。誰も気づかない悩みを抱えていたということはないか」

「奉公人にもきいてもらえばわかりますが、誰も敬助が自死するとは思っていなかったはずです」

「敬助は近々通いになるということであったな」

「はい。三月頃から通いになってもらおうと思っていました」

「住まいはもう見つけたのか」

「いえ、まだ正式には決めていなかったようです」

「敬助はときたま出かけていたようだが」

「はい」

「どこに出かけていたかわかるか」

「おそらく、吉原（よしわら）だと思います。一度、いつもどこに行くのだときいたら曖昧（あいまい）に答えていましたが、私の知り合いが馬道（うまみち）を日本堤（にほんづつみ）のほうに行く敬助を見ていました。それで、吉原に違いないと。丁稚小僧のときからずっと働きづめできたのです。仕事一筋の男で、お店のためによくやってくれました。あの歳になってようやく遊びを覚えたのです。じきに通いになることですし、夜の外出は大目に見ていました」

「吉原で何かあったということは？」

剣一郎は花魁（おいらん）との関わりを考えた。

「遊んでいただけだろう、と」

　惣兵衛は首を横に振った。

「吉原のどの見世に行っていたかわかるか」

　敵娼ならば何かを知っているかもしれない。愚痴や悩みを漏らしていたのではないかと思ったが、

「わかりません」

　と、惣兵衛は言った。

「そうか」

「ただ、吉原で何かあったとしても、敬助が夜に外出したのは死ぬ七日前です。奉公人たちが言うように、その間も悩んでいる気配はまったくありませんでした」

「ただ、死ぬ前の日は元気がなかったようではないか。奉公人からそう聞いたが」

　剣一郎は確かめる。

「私は気づいていませんでしたが……」

「死の前日、敬助は夜に外出を？」

「いえ、外出していません」

「誰か、敬助を訪ねてひとがやって来たことはどうだ？」

「それもありません」

もしや、吉原の敵娼から文が届けられたということも考えられる。その文に、敬助を落ち込ませる何かが記されていたのかもしれない。

仮にそうだったとしても、文に何が書かれていたかは想像も出来ない。

「やはり、敬助には死ななくてはならない理由はなさそうだな」

剣一郎は呟いた。

自死の理由がなければ、敬助は死神に首を括るように命じられて死んだということがまことしやかに広まってしまうだろう。

なんとしてでも、そのような噂を鎮めなければならないが、その手立てがなかった。

「敬助と親しい者はだれかいるか」

「さっきも申しましたように、仕事一途に来た男です。親しい友というのはいなかったのではないでしょうか」

「うむ」

剣一郎は唸ってから、

「それにしても、敬助はなぜお店の庭で首を括ったのであろうか。お店に迷惑がかからないように、別の場所を考えるのではないか」

と、疑問を口にした。

「この店で育ったのです。死ぬのはうちの庭しかないと思ったんじゃないでしょうか」

「なるほど」

剣一郎は頷き、

「何か敬助のことで気がついたことがあったら教えてもらいたい」

と言い、腰を上げた。

「わかりました」

剣一郎は立ち上がったあとで、

「敬助がいなくて、店のほうは困らないのか」

と、きいた。

「痛いことは痛いですが、あとに続く者が育ってきており、皆で頑張ってくれています」

「それはよかった」

剣一郎と太助は『松浦屋』をあとにした。

昼間は春らしい陽気だったが、夜が更けて風が冷たくなった。浅草田原町から八丁堀の屋敷に着いたときはすでに五つ（午後八時）をまわっていた。

「では、あっしはここで」

太助が門の前で立ち止まった。

「寄っていかないのか」

「もう、遅いですから」

「多恵ががっかりする。顔だけでも見せていけ」

「わかりました」

剣一郎に続いて太助も門を入った。

多恵が出てきて、

「京之進どのがお待ちです。客間です」

と、厳しい表情で伝えた。

「京之進が……」

剣一郎の帰りを待っているのは珍しい。何かあったのだろうと、剣一郎は玄関近くの客間に急いだ。

襖を開けると、京之進が強張った表情で、

「青柳さま」

と、待ちかねたように腰を上げた。

「何かあったのか」

剣一郎は京之進の前に座った。

「指物師の善造が神田白壁町の空き家で首を括っていました」

「首を括っていた?」

剣一郎は耳を疑った。

「死んだのは昨日の夜です。今日の夕方に、近所の子どもが空き家に入り込んで首吊りを見つけ、大騒ぎになりました」

「まさか、物乞いの男が現われたと言うのではないだろうな」

剣一郎は胸騒ぎを覚えながらきいた。

「そのまさかです」

「なに」

「空き家からほど近い場所にある善造の住む長屋できいたところ、一昨夜の六つ半（午後七時）ごろ、長屋木戸の前で物乞いの男が仕事帰りの善造に、首を括る気はあるかと声をかけたそうです。善造は振り切って長屋木戸を入って行ったらしいのですが、物乞いの男はあとを追っていったそうです。それから、ひとりで引き上げてきて、首を括る約束をしたと呟きながら長屋をあとにしたと」

「首を括る約束をしたと、物乞いが言ったのか」

「はい」

「首吊りの現場に不審なところはなかったか」

「善造の首にはひっかいたような爪跡はありませんでした。両手の爪にもその痕跡は見当たりませんでした」

「遺体はいまどこに？」

「奉行所の裏庭に運びました。明るいところで、調べ直したほうがよいかと思いまして」

「わしも明日、調べてみよう」

「はい、とりあえずご報告まで」

「善造が死んで、六輔を追いつめることは出来なくなったな」

剣一郎はため息をつく。

「はい。善造だけが下手人の顔を見ていたのに」

京之進も口惜しそうに言った。

「六輔は認めていなかったのだな。善造が死んで助かったわけだ」

剣一郎は何か裏がありそうだと思った。

「それでは私は」

京之進は会釈して立ち上がった。

「待て。物乞いの件だが」

剣一郎はためらいながら、

「ほんとうに玉堂であったか、何者かが騙ったものか、まだはっきりしない。このことはもう少し調べてから公にしたい」

「わかりました」

京之進が引き上げたあと、剣一郎は居間に行き、太助に今の話をした。

太助は目を見開き、

「一昨日、あっしは暮六つ（午後六時）前に知恩寺を出ました。まさか、そのあとに玉堂が納屋を出たなんて」

「玉堂は稲荷町から神田白壁町まで歩いたことになる。杖を突きながら」

不可解だと、剣一郎は思った。

「青柳さま、おかしいですぜ」

太助が叫ぶように言う。

「今まで、玉堂が動き回るのは浅草周辺だけでした。それに夜出かけることはありませんでした」

「確かに、妙だ」

剣一郎は答えたあとで、

「ただ、ほんとうに動き回るのは浅草周辺だけだったのか、それも昼間だけだったのか。我らがそう思い込んでいただけかもしれない」

「そうですね」

太助は素直に頷く。

「しかし、これまでの玉堂の動きと、あらゆることが違っているのは事実だ。長屋の奥まで、善造を追ったことも、引き上げてきて、首を括る約束をしたなどと口走っているのも玉堂らしくない」

「じゃあ、やっぱり……」

「うむ」

これは、剣一郎が恐れていたことが起こったのではないか。つまり、死神と呼ばれる玉堂を隠れ蓑にした殺しだ。

しかし、世間はこれまでの首縊りと同じと考えるはずだ。長谷川四郎兵衛もしかり。玉堂がまともに会話に応じられれば、玉堂の偽者が現われたかどうかわかるはずだが、話が通じないのだ。

四郎兵衛の言葉が重くのしかかった。今度、首縊りが起これば、ただちに玉堂を捕縛せよというものだった。

翌朝、剣一郎はいつもより早く奉行所に着き、裏庭に向かった。すでに、京之進が来ていて、善造の亡骸を検めていた。

「青柳さま。どうぞ」

京之進が場所を空けた。

剣一郎は亡骸の前にしゃがみ、手を合わせてからまず顔を見た。事件の夜に出会った男に間違いなかった。目を剝き、舌が少し出ている。苦しそうな表情だ。

首には帯状の痕跡があり、首縊りを物語っている。首にひっ搔き傷はない。両手の指先を見る。苦しくてもがけば、手を首にやるだろうが、爪の間には何もない。ふと両の手首に気になるものを見つけた。ごく薄い痣があった。

「これを見ろ」

剣一郎は京之進に言う。

京之進も覗き込む。

「この痣、誰かに摑まれたものではないか」

「では、この首吊りは何者かが仕組んだものと……」

「その疑いが大きい」

「しかし、空き家の狭い部屋でどうやって首を吊らせたのでしょうか。善造に抵抗したあとはありません」

「……地蔵背負いだ」

剣一郎は言う。

「以前にも一度、このやり方での殺しを見た例がある」

石の地蔵を運ぶ際、地蔵の首に縄を巻き、後ろ向きに地蔵を背中に背負うようにする。それが、この殺しの手口の由来だった。

「善造の首に帯を巻き、背中合わせになって善造を背負うように体を前に倒したのだ。このとき、仲間が善造の手が首に届かないように摑んだのだろう」

「なるほど」

京之進が頷く。

「両方の手首を摑むのはひとりで出来ないことはないが、ふたりで片手ずつ摑んだとしたら、善造を背負った者と合わせて三人だ。三人掛かりで首吊りに見せかけたのに違いない」

剣一郎は三人掛かりで首吊りに偽装する光景を思い浮かべた。

「口封じですね。六輔を思い切って捕まえておくべきでした」

京之進が無念そうに言う。

「いや、ただ似ているというだけで捕まえることは出来ない。だが、善造を殺したのが六輔の仲間の公算は大きい。六輔の周辺を探るのだ。玉堂に化けた男がいるはずだ」

「わかりました」

京之進は勇んで応えた。

剣一郎は今後の対応を考えて大きくため息をついた。

長谷川四郎兵衛は、善造の死を玉堂が首を括らせたのだと信じるであろう。六輔の仲間による口封じという意見を受け入れまい。

剣一郎は奉行所を飛び出し、稲荷町に急いだ。

五

稲荷町の知恩寺の境内に入ると、本堂の脇から太助が出てきた。

「玉堂は？」

剣一郎はきいた。

「納屋に入ったままです」

太助は答え、

「寺男にきいたら、三日前の夜、玉堂が外出したかどうかわからないそうです。ただ、いつも夜は納屋でおとなしくしていると言ってました」

「そうか」

剣一郎は納屋に向かった。

太助が声をかけて戸を開ける。玉堂はやはり虚ろな目で座っていた。

「玉堂、邪魔をする」

剣一郎が中に入ろうとすると、玉堂はゆっくりした動きで立ち上がった。そして、手を伸ばして杖を摑み、剣一郎の脇を通って外に出た。剣一郎はあとを追い、玉堂の前に回り込んだ。

　玉堂が立ち止まった。

「玉堂。わしの言葉がわかるか」

「………」

　相変わらず、反応がない。

　玉堂は足の向きを変え、本堂の後ろにある墓地に向かった。

　剣一郎もあとについていった。

　墓石の間に、玉堂の姿がちらちら見える。北の端まで行ったが、剣一郎に気づいたのか、すぐ引き返してきた。

「玉堂、そなたを医者に診せたい」

「………」

　じっと剣一郎を見ていたが、やがて首を横に振った。

「医者は必要ないということか」

「………」

　表情は変わらない。

「玉堂、首を括る約束を迫れ」

剣一郎は言う。

「首……」

玉堂は呟いた。

「そうだ。わしに首を括る約束をさせるのだ」

剣一郎が首を括る約束をし、その後何もなければ玉堂の呪いの疑いは自然と消える。

「………」

何も言わず玉堂は、剣一郎の脇をすり抜けて本堂のほうに戻った。

剣一郎は太助のところに行き、

「太助、住職を呼んできてくれ」

と、言った。

「はい」

太助は庫裏に向かって駆けた。

玉堂は山門のほうに向かいかけたが、ふいに足を止めた。しばらく立っていたが、やがて体の向きを変え、納屋に向かった。

玉堂が納屋に戻ったとき、太助が住職とやって来た。

「青柳さま、何か」

住職がきく。

「玉堂を医者に診せたい」

「それがよろしいかと」

住職も素直に応じたが、

「ただ、本人が素直に従うか」

と、表情を曇(くも)らせた。

「医者に診せたことはあるのか」

「はい。ここに来た当初に。心を失っているという診立(みた)てでした。なす術(すべ)はない、と匙(さじ)を投げられました」

「治すことは出来ない様子であったか」

「はい」

「しかし、治せる医者もいるかもしれぬ。ご住職の許しがあれば、さっそく小石川養生所に移したい」

「わかりました」

「手続きを済ませ次第、玉堂を迎えに来る」

「本人がいやがったら、いかがなさいますか」

「強引な手立てをとってでも連れていきたい。さもないと、玉堂は……」

「何か」

「じつは、一昨日、ある男が首を括った。その前日、物乞いがその男に首を括る約束をさせたらしい」

「なんと」

住職は目をいっぱいに見開いた。

「わしは何者かが玉堂の噂を利用して殺しを行なったと見ているが、確たる証はない。しばらくは、玉堂の仕業と思われるだろう」

「………」

「奉行所でも、玉堂をどこぞに閉じ込めておくべきと言う者もある」

「どこぞとは、もしや小伝馬町（こでんまちょう）の牢屋敷で？」

住職は察して言う。

「そうだ。それを避けるべく、早く玉堂を小石川養生所に入れたい」

「わかりました。玉堂には私から話をしておきます」

「では」

剣一郎は住職と別れたあと、

「きょう一日、玉堂から目を離すな」

と、太助に命じた。

「わかりました」

剣一郎は知恩寺の山門を出た。


半刻（約一時間）後、剣一郎は神田白壁町にある事件のあった空き家に行った。

岡っ引きの手下がふたりで現場を見張っていた。

「現場に案内してくれ」

「はい」

手下は潜り戸から中に入り、部屋に上がった。そして、奥の部屋に行き、雨戸を開けた。明るい陽光が射し込む。

「この鴨居に帯を巻いてぶら下がっていました」

傍に踏み台があった。自死らしい状況は作ってある。

「戸に鍵はかかっていなかったのか」

「はい。勝手口はかかっていませんでした。善造はそこから入ったのだと思います」

剣一郎は勝手口に行ったが、争ったような跡はなかった。強引に連れ込まれたわけではないようだ。

善造は素直にこの空き家に入っている。誰かといっしょに何の疑いもなくやって来たのだろう。

『村田屋』の事件にかかわる者のうち、善造が警戒せぬ相手といえば、主人夫婦の息子の亀吉だ。

剣一郎は空き家を出てから、多町二丁目に向かった。

小商いの商家が軒を連ねている通りに、『村田屋』があった。事件のあった夜、剣一郎は裏道に入ったところで、裏口から転がるように飛び出してきた善造と会ったのだ。

店は開いていた。

剣一郎は店番をしている年配の男に声をかけた。歳の頃は五十近く、痩せていじけたような顔をしていた。

「南町の青柳剣一郎である。亀吉に会いたい」

「青痣与力……」

男は呟いてから、あわてたように奥に行った。

しばらくして、二十五、六の男が現われた。色白の優形(やさがた)の男だが、その目つきのせいだろうか、どこか荒(すさ)んだ感じがした。

「あっしが、亀吉ですが」

「南町の青柳剣一郎だ。このたびは、ふた親を亡くし、さぞ気落ちしただろう」

「へえ」

頭を下げ、亀吉は上目づかいで剣一郎の顔色を窺う。

「少しききたいことがある」

「なんでしょう」

「店先でいいのか」

「構いません」

「そうか」

剣一郎は頷き、

「そなたはずっと家を出ていたそうだな」

「ええ、まあ」

「なぜだ？」

「親の小言に閉口(へいこう)していたんです」

「どこで何をしていたんだ？」

「本所にいました。客引きなどやりながら」

「ふた親が殺されて驚いたであろう」

「へえ、それはもう」

「なぜ、殺されたと思うか」

「盗(ぬす)っ人(と)が盗みに入ったところを見つかって殺したんじゃないですかえ」

「指物師の善造を知っているな」

「へえ、以前から出入りしてましたから」

「ちょうど殺しがあった直後、善造が『村田屋』を訪れ、逃げていく下手人の顔を見ていた。二十五、六の扁平な顔をした男だそうだ」

「心当たりはありやせん。ありふれた顔です」

「ありふれているか。そういえば、そなたの友の六輔もそんな顔だちであったな」

「ええ、まあ扁平と言われればそうです」

「六輔とは親しいのか」

「特に親しいってわけじゃありません」

「よくつるんでいたと聞いたが」

「そんなことはありませんよ」

亀吉は強い口調で否定する。

「最近、善造に会ったか」

「いえ」

「六輔にも善造にも会っていないのか」

「そうです」

「善造の住まいを知っているか」

「いえ、知りません」

「神田白壁町の長屋だ」

「そうですかえ」

亀吉はとぼけているように思えた。

「その近くに、空き家があった　そこで、善造が首を括って死んでいた」

「………」

「知っていたか」

「いえ、初耳です」

「驚かないのか」

「あっしにはあまり馴染みのないひとですから」

「だが、善造はそなたのふた親を殺した下手人の顔を見た男だ。そなたにとっても大事な男ではなかったか。その男が殺されたのだ」

「へえ。でも、どの程度、顔を見たかわかりませんので」

「いや、ちゃんと見ていた。会えばわかるとも言っていた」

「………」

「下手人にとって、善造は恐怖ではなかったか。いつ自分の前に現われるか、そう怯(おび)えながら暮らしていたのだろう」

「………」

「その男が死んだのだ。下手人はさぞかし助かったと胸をなで下ろしていることであろう」

「善造さんは首を括って死んだんですね」

亀吉がきいた。

「そうだ」

「自分で死んだんですよね。だったら、今世間を騒がしている物乞い風体の死神のせいじゃないんですか」

「そなたは物乞いのことを知っているのか」

「たいした噂になってますから。呪いだなんだって」

「そうか。そなたはその噂を信じるか」

「だって、理由もないのに何人もの男が首を括って死んだのなら、信じざるを得ないじゃありませんか」

亀吉は含み笑いをした。

「確かにな。だが、善造の場合は違う」

「と、言いますと？」

「物乞いの仕業に見せかけただけだ」

「…………」

「何者かが物乞いになりすまして善造の長屋に現われたのだろう」

剣一郎は店番の年寄りに顔を向けた。年寄りはかすかに狼狽(ろうばい)した。

「そなたは、亀吉とはどういう関係だ？」

いきなりの問いかけに、年寄りはあわてて、

「本所……」

と、言いさした。すると亀吉が、

「とっつあんは女郎屋の下働きをしていたんですよ。あっしがこの店を継ぐことになったんで、働いてもらうことにしたんです」

「なるほど」

剣一郎が見つめると、年寄りは目を背けた。

「名は？」

「又蔵です」

亀吉が答える。

「又蔵か」

剣一郎は又蔵に声をかけた。

「へえ」

又蔵は頭を下げる。

「そなた、善造を知っているか」

「いえ、知りません」

「白壁町の善造の長屋に行ったことはないか」

「へえ、ありません」

又蔵は俯いたまま答えた。

「では、六輔を知っているか」

「青柳さま」

亀吉が口を入れた。

「何を聞きたいんですか。又蔵のとっつあんは何も知りませんぜ」

亀吉は口元を歪めて言う。

そのとき、若い女が入ってきた。

「あら」

女は亀吉と剣一郎の顔を交互に見た。客ではないようだ。

「おまち。南町の青柳さまだ」

亀吉が言い、

「青柳さま。家内のおまちです」

と、引き合わせた。

「まちです」

　おまちは頭を下げた。

「所帯を持っていたのか」

　剣一郎はふたりにきいた。

「ここに越してくるときに所帯を持ったんです」

「では、そのことを亀太郎とお敏は知らなかったのだな」

「ええ、ふたりを喜ばせてやれなかったのが残念です」

　亀吉はわざとらしく言った。

「そうか、邪魔をした」

　剣一郎は踵を返した。

『村田屋』を出てから、剣一郎は奉行所に戻った。


　与力部屋で落ち着く間もなく、剣一郎は宇野清左衛門のところに行った。

「宇野さま」

　剣一郎は文机に向かっている清左衛門に声をかけた。

「青柳どのか」

清左衛門は振り返った。

「『村田屋』の主人夫婦殺しの件で、下手人の顔を見ていた指物師の善造が首を括りました」

「なに、首を?」

清左衛門は不安そうな顔で、

「まさか」

と、きいた。

「はい。死の前日に、善造の長屋に物乞いの男が訪ね、首を括る約束を迫っていました」

「なんと」

「ですが、これにはいくつか不審なところがあります」

剣一郎は経緯(けいい)を語ってから、

「まず、善造の両手首の痣、これは何者かが摑んだあと」

地蔵背負いでの自死に見せかけた殺しではないかという想像を話し、

「次に、玉堂が夜に稲荷町の知恩寺から神田白壁町までのこのこと出かけたことが考えづらく、また、わざとらしく長屋の住人に首を括る約束をしたと聞かせていることも、今までの二件とは違います」

「すると、下手人が口封じをしたというのか」

「はい。まだ証はありませんが、まず間違いないと思います。このことは京之進に任せますが、問題は長谷川さまです。善造の件も玉堂の仕業として、捕縛を迫るのではないかと」

「おそらく、そうなるであろう」

「玉堂は心を失っているようです。やはり、小石川養生所に入れたいのですが、長谷川さまがどう出るか」

「長谷川どのにはわしから話しておく」

「お願い出来ますか」

「もちろんだ。小石川養生所のほうにも話を通しておこう」

「ありがとうございます」

剣一郎は礼を言い、清左衛門の前を下がった。

与力部屋に戻ると、京之進が待っていた。

「すみません。待たせていただきました」

「ちょうどよかった。わしも話がある」

剣一郎は腰を下ろして言い、

「先にきこう」

と、京之進を促した。

「はい。六輔のことです。最近六輔は金回りがよく、深川の料理屋で豪遊していたそうです。六輔に金の出所を確かめたところ、博打で大儲けしたと言ってました」

京之進はさらに続けた。

「それから、六輔は亀吉と頻繁に会っていました。亀吉は養子だったせいか、養父母の亀太郎とお敏について、それほど深い思いはないようです。ひょっとして……」

「うむ」

剣一郎は頷き、

「じつはわしは『村田屋』に行って、亀吉に会ってきた。わしが気になったのは、店番をしていた又蔵という年寄りだ。又蔵は女郎屋で下働きをしていたらしい」

「又蔵ですか」

「何者かが物乞いになりすましたという話をしたとき、又蔵は落ち着きをなくしていた」

「まさか」

「そうだ。又蔵が玉堂になりすまして、善造の長屋に出向いたと思われる」

「すると、亀吉と六輔、それに又蔵がつるんでいるというのですね」

剣一郎は想像を口にした。

「亀吉は金が入り用になって、亀太郎に無心に行った。だが、断られた。それで、『村田屋』の財産を自分のものにしようとしたのだろう。『村田屋』には少しは貯(たくわ)えがあったのではないか」

「確かに、『村田屋』にはまとまった金があったはずです」

「亀吉は六輔に頼んで夫婦を殺させた。ところが、六輔は善造に顔を見られてしまった。六輔が捕まれば、自分の身も危うくなる。そこで、首を括らせる物乞いの噂を利用して善造を殺すことを考えたのだ。又蔵に物乞いの格好をさせて善造の長屋に行かせた。そして、翌日、亀吉が善造を空き家に連れて行った。そこに、六輔と又蔵が待っていた……」

剣一郎は息継ぎをし、

「おそらく六輔が善造の首に帯を巻いて地蔵背負いをし、亀吉と又蔵が暴れないように両手首を摑んだのではないか」

そう言ったあとで、剣一郎は慎重になり、

「もちろん、証があるわけではない。だが、十中八九間違ってはいないだろう」

と言い切った。

「この件の解決が長引くと、今度こそ、玉堂が死神という噂が真実味を増してしまう。死神の噂を隠れ蓑にした殺しだったということがわかれば、噂も鎮まるのではないか」

「わかりました、必ず証を見つけ、真相を暴きます」

京之進は力んで言い、引き上げて行った。

玉堂を小石川養生所に入所させることで、今後は妙な噂が立つことは防げそうだ。だが、大道芸人と『松浦屋』の番頭の件を解明せねば、玉堂への不審は残ったままになる。このことも早急に解決せねばならないと、剣一郎は自分に言い聞かせた。

第三章　失　踪

一

　翌日、出仕(しゅっし)した剣一郎は宇野清左衛門に呼ばれ、年番方与力(ねんばんかたよりき)の部屋に行った。

　清左衛門は待っていたように、剣一郎の姿を見ると立ち上がった。

「長谷川どのがお呼びだ。小石川養生所の件であろう」

　そう言い、内(うち)与力の用部屋に向かった。

　何人かの内役の同心が清左衛門に会釈(えしゃく)をしてすれ違って行く。内与力の用部屋の隣にあるいつもの小部屋に入る。

　しばらくして、長谷川四郎兵衛がやって来て、ふたりの前に腰を下ろした。

「じつは……」

　四郎兵衛がいきなり切りだす。

「小石川養生所のほうから玉堂の入所を断ってきた」

「断る?」

思わず、清左衛門が声を高めてきき返した。

「玉堂を受け入れるわけにはいかないということだ」

「最初の話と違うではないか」

清左衛門が憤然となった。

「今、養生所には四百名を超える入所患者がおり、通いの患者もたくさんいる。そんな中に死神と畏れられる者が入ってきては患者が怯えるというのだ」

小石川養生所は享保七年(一七二二)、八代将軍吉宗公の時代に、貧しい人々のために小石川白山に作られた医療施設である。

治療には幕府の医師が当たっている。

「そんな噂を信じて……」

清左衛門が吐き捨てた。

「そういうわけで、小石川養生所に入れるのは無理だ」

四郎兵衛は顔をしかめた。

「長谷川どのがあれこれよけいなことを話したのではないか」

清左衛門は怒りをぶつけた。

「事実を話したまでだ。しかし、先方の不安もわからなくはない。中には重症の者も多かろう。いつ死ぬかもしれない者もいよう。そういうところに死神ではないかと噂されている男が入ってきたら、怯えるのも無理からぬことだ」

「確かに、仰（おっしゃ）ることはわかります。しかし、玉堂の噂は患者には知らせずともよかったのでは……」

剣一郎が口をはさむ。

「患者が怯えるというのは口実で、医者や掛かりの者たちが面倒を嫌がったのであろう」

四郎兵衛は口元を歪（ゆが）めた。

「なんという情けない者たちだ」

清左衛門は養生所の世話役や医者たちを責めた。

「そうですか。いたしかたありません」

剣一郎は落胆（らくたん）した。

「やはり、噂は世間に浸透（しんとう）しているようですね」

「この手の噂は広がりが早い」

四郎兵衛は口元を歪めた。

「養生所のお方がそういうお考えなら、玉堂を入所させることは諦めます。このまま入所して、万が一患者が病気を苦に首を括ったりしたら、玉堂に疑いの目が向かってしまいます。それは避けねばなりません」

剣一郎はやりきれないように言い、

「もともと、長谷川さまは牢屋敷に収容すべきだと仰っていましたが、今もそのお考えなのでしょうか」

と、きいた。

「そうだ。牢屋敷か溜だ」

「溜でも病人がいるのは同じですが」

「溜の病人は囚人が主だ。囚人ならば死神の祟りがあっても構わない」

四郎兵衛は突き放すように言い、

「直ちに、玉堂を牢屋敷に閉じ込めるのだ」

と、剣一郎に投げつけるように言う。

「捕縛する理由がありません」

「去年から四人が首を括って死んでいる。最初のは玉堂が絡んでいるという証はないが、あとの三人は玉堂が関わっているのだ」

四郎兵衛は言い切る。

「先日の善造の件は玉堂の噂を利用した殺しです」

「そうと決まったわけではあるまい。まだ玉堂の仕業(しわざ)という疑いが濃い」

「長谷川さま。玉堂を牢屋敷に入れるのはしばらくお待ち願えませんか」

「今度、首縊(くく)りが出たら、わしの意見に従うという約束ではなかったか」

四郎兵衛は冷笑を浮かべて迫(せま)った。

「それは、玉堂が絡んでいたらです。善造の首縊りは他の者の仕業です。今、植村京之進が探索中です。あと数日のうちに、下手人(げしゅにん)を捕まえることが出来ます」

「長谷川どの。青柳どのの言い分をお聞き入れ願いたい」

清左衛門が訴える。

「牢屋敷に閉じ込めろというのは、わしの考えというよりお奉行のご意向(いこう)だ」

「では、お奉行にそのようにお伝えください」

「出来ぬ」

「なぜですか」

「お奉行がお決めになったことを、我らが翻(ひるがえ)すことは出来ぬ」

「お奉行は長谷川どのの意見をもとに判断したのではないか。大本(おおもと)は長谷川どののお考えでは」

清左衛門が鋭く衝く。

「長谷川さま。玉堂が牢に入ったら無事ではすみません。死神と噂されている男を、牢役人や囚人が素直に受け入れると思いますか。無気味な男をそのままにはしないでしょう」

「うむ」

四郎兵衛は剣一郎を見つめる。

「牢内でひっそり玉堂が殺されるのは目に見えています。玉堂が殺されたあとで、善造殺しが玉堂とは関係なかったとわかったら、どうなさるおつもりですか」

剣一郎は迫った。

「お奉行に責任を押しつけますか」

「ばかな」

「お願いです。もうしばらくの猶予を」

「うむ」

四郎兵衛は唸ったが、

「その猶予の間に、首縊りが起きたらどうする？」

と、反撃を試みる。

「玉堂をどこぞの医者に預けます。養生所は残念でしたが、他のどこかに」

「預かる医者はおるかのう」

四郎兵衛は口元を歪め、

「ともかく、植村京乃進の調べがつくまでは青柳どのの顔を立てよう。しかし、これで最後だ。よいか」

と、剣一郎を睨みつけた。

「わかりました」

剣一郎の言葉が終わらぬうちに、四郎兵衛は立ち上がっていた。

四郎兵衛が部屋を出て行ってから、

「どうも長谷川どのが大仰に言って、養生所に恐怖を植えつけたようだ」

「ええ。でも、長谷川さまの言い分ももっともかもしれません。養生所で亡くなる者が出たら、関係なくとも死神玉堂のせいだと騒がれかねません」

剣一郎は玉堂を養生所に入所させられなかったことを、自分なりに受け入れた。

剣一郎は奉行所を出て、稲荷町の知恩寺に向かった。

小石川養生所の入所を断られた今、玉堂をどう保護するか考えながら知恩寺にやって来た。

山門をくぐったとき、境内が騒然としていることに気づいた。本堂の脇に数十人の男女が集っていた。

剣一郎が近づいて行くと、太助が近寄ってきた。

「青柳さま。たいへんです」

「何があったのだ?」

「あのひとたちが、玉堂を出せと騒いでいるのです」

「何をするつもりか」

「死神を退治するのだと、皆血眼になっています」

「なんだと」

剣一郎は男女の群れをかき分けて前に出た。住職が群衆を相手にひとりで説得を試みていた。

「待ってくれ。落ち着くのだ」

住職が訴える。だが、群衆の騒ぎ声にかき消される。

「ご住職」

剣一郎は声をかけた。

「青柳さま。この者たちが玉堂を出せと……」

住職は困り果てたような顔をした。

「あとは任せてもらおう」

「お願いいたします」

剣一郎は群衆に向かって、

「南町の青柳剣一郎である。皆、落ち着くのだ」

と、声を発した。

やがて騒ぎ声は静まった。

「いったい、何を騒いでいるのだ」

剣一郎がきくと、各人がばらばらに訴えた。

「待て。誰かひとり」

「私が」

先頭にいた三十過ぎと思える男が一歩前に出た。

「名を聞こう」

「へい。鳶の辰次と申します。玉堂という男と関わると、皆首を括るようになるってことじゃありませんか。玉堂は毎日のように浅草周辺を歩き回っている。町の衆は怯えています」

「皆が恐れる気持ちはよくわかる。だが、玉堂は死神でもなければ、特別な術を使う者でもない。首を括った者があったのは玉堂のせいではない。なんらかの偶然が重なっただけだ」

「お言葉ですが、大道芸人の男も『松浦屋』の番頭も白壁町の指物師も、首を括る約束をさせられているんじゃないですか。偶然だと仰られても納得いきません」

「では、玉堂をどうするつもりだ?」

「死神は叩き殺します」

「それはひと殺しだ。玉堂は死神ではない」

「叩き殺すのが無理なら、二度と歩き回れないように足の骨を砕いてやります」

「玉堂は死神でもなんでもないが、そなたたちの気持ちを重んじ、二度と浅草周辺を歩き回ることがないように封じ込めておく。わしが約束する」

「青柳さまがそこまで仰るなら」

辰次は振り返って一同を見回し、

「どうだ、皆の衆。ここは青柳さまを信用して引き下がろうではないか」

と、訴えた。

皆はお互い顔を見合わせたりしていたが、

「青柳さまが仰るなら間違いない」

と、どこからか大きな声がした。

「よし。青柳さまにお任せすることにする。文句はないな」

あちこちから、おうという声が重なって聞こえた。

辰次は顔を向け、

「お聞きのとおりです」

と、言う。

剣一郎は頷（うなず）いてから一同を見て、

「決して不安にさせることはないから安心してもらいたい」

と、訴えた。

「では、あっしらは」

辰次は言い、皆に引き上げるように命じた。

ぞろぞろと町の衆が引き上げて行く。

「青柳さま。助かりました」

住職は安堵したように言う。

「まさか、このような事態になっていようとは想像しなかった」

剣一郎は言ってから、

「じつは、こちらにも誤算があった」

と、正直に打ち明ける。

「小石川養生所から玉堂の受け入れを断られた」

「なぜでございますか」

住職が驚いてきく。

「今の者たちと同じだ。死神を受け入れたくないということだ。確かに、患っている者がたくさんいるところに玉堂を入れるのはふさわしくないかもしれない。誰か亡くなれば、玉堂に白い目が向けられかねない。ましてや、患者が病を苦に首を括ったりしたら、玉堂のせいにされるだろう」

剣一郎はやりきれないように、

「ならば、玉堂は養生所に行かないほうがいい」

「では、今後、玉堂はどうしますか」

「知り合いの医者のところに連れて行く。そこでしばらく治療がてら玉堂の面倒を見てもらうつもりだ」

「わかりました」

「玉堂に会ってくる」

剣一郎は納屋に向かった。いつの間にか太助が横に並び、

「じつは今朝からまだ玉堂を見かけていないんです」

と、口にした。

「朝餉は？」

「まだです」

太助は納屋の戸の前に立ち、

「御免なさいよ」

と、戸を開けた。

天窓から陽光が射し込んでいて、小屋の中は明るかった。だが、玉堂の姿はない。

「いませんぜ」

太助が唖然として言う。

「朝早く、どこぞに出かけたのか」

剣一郎は首を傾げた。

そこへ、住職が近寄ってきた。

「どうかなさいましたか」

「玉堂がいない」

「玉堂が？」

住職が納屋を覗く。

寺男もやって来て、

「玉堂さん、いないんですかえ」

と、きいた。

「今朝、見かけたか」

住職が寺男にきいた。

「いえ、今日はまだ見ていません」

剣一郎は納屋の中を見回したが、争ったような跡はなかった。

「どうしたんでしょう」

太助が呟いた。

剣一郎はもう二度と玉堂がここに戻ることがないような気がした。

二

玉堂がいなくなって三日経った。手掛かりはない。どこぞで行き倒れてはいないかと調べたが、そのような報告はなかった。

また行き倒れの病人は囚人も運び込まれる浅草の溜に収容されるので、そちらにも問い合わせたが、玉堂らしき男はいなかった。

また新たな噂が広がった。やはり、玉堂は死神だったので、忽然と姿を消し、次なる死者のところへ向かったのだという。

玉堂をかばい続けた剣一郎は、窮地に立たされかけたが、玉堂がほんとうに死神であれば剣一郎とて手の打ちようもなかったという評価になった。

長谷川四郎兵衛も玉堂がいなくなったと報告したときは、だからさっさと捕縛して小伝馬町の牢屋敷に閉じ込めればよかったのだと責めた。そのうち死神だったとすれば牢屋敷に閉じ込めても無駄だったろうと思いを変えたようだ。

だが、剣一郎は玉堂が絡む自死の謎を解明したいと、より強く思った。

まず当たるべきなのは、指物師の善造の首縊りだ。

京之進は、『村田屋』の主人夫婦殺しで徐々に六輔を追いつめていた。

剣一郎は与力部屋で京之進の報告を聞いた。

「事件の夜、六輔は亀戸天満宮裏にある女郎屋に四つ（午後十時）過ぎに揚がっていました。そのとき、敵娼の女は六輔が少しいらだっていたと言ってました。それで、なにをいらだっているのかときいたら、間の悪い野郎がいるもんだと呟いたそうです。善造に顔を見られたことを気にしていたのではないでしょうか」

「なるほど。しかし、それだけでは下手人と決めつけるには弱いな」

剣一郎は顔をしかめ、

「そのとき、六輔の着物に血は？」

「敵娼は何も気づかなかったそうです」

「どこぞで着替え、血の付いた着物と凶器の匕首をいっしょにどこかに処分してから、女郎屋に行ったのかもしれない」

「六輔の住まいは亀沢町ですから、十分に考えられます」

「すると、血の付いた着物と凶器の匕首をどこで処分したのか。亀沢町の長屋で着替えたあと、そこから亀戸天満宮裏まで行く途中と考えられるな。その途中、埋めたのを誰かが見ていたかもしれぬ。あの夜は風が強かった。火消しや木戸番など、夜廻りしていたはずだ。六輔を見ていた者がいるかもしれぬ」

「わかりました。当たってみます。それから、白壁町の空き家ですが、隣家の住人が、首縊りのあった夜、あの空き家近くで何人かの男が集まってひそひそと話をしているのを見ていました。残念ながら、顔はわからないそうですが」

「それだけでもこちらの想像が裏付けられる」

「はい」

「あと、気になるのは、なぜ亀吉が今になって養父母を殺そうと思ったかだ。亀太郎とお敏の親戚か知り合いから、何か手掛かりが得られるかもしれない」

「わかりました」

京之進が下がったあと、剣一郎は外出の支度をした。

奉行所を出た剣一郎は半刻（約一時間）後に、田所文兵衛の屋敷の客間にいた。

「四日前、正式にご両家にお断りをいたしました」

文兵衛は静かに言った。

「相手はどのようなご様子で？」

「真庭さまから返事はなかった。黙って頷いただけでした。ただ、険しい表情を崩しませんでした」

「理由はお伝えしたのですか」

「真庭さま、川村さま、いずれを選んでも禍根を残すかもしれず、ご両家ともにご辞退をしたいというようなことを話しました」

「川村さまにも同じことを？」

「ええ。ただ、川村さまからは、戸坂さまの顔に泥を塗るつもりかと罵られました」

川村大蔵は田所文兵衛の上役の御徒頭戸坂伊左衛門と懇意にしているのだ。

「どんな仕打ちがあるか……」

文兵衛は苦しそうに眉根を寄せ、

「私はどのような目に遭おうが、その覚悟は出来ていますが、菊と前島滝三郎に災いが及ばないか」

と、険しい表情をした。

「御徒目付に見張られていることを知っているはずですから、迂闊な真似はしないと思いますが、私のほうも注意をしておきます」

「かたじけない。どうか、お願いいたす」

文兵衛は頭を下げた。


剣一郎は田所家を出て、前島滝三郎の屋敷に向かった。

同じ組屋敷なので、滝三郎の屋敷にはすぐに着いた。

門を入り、玄関で訪問を告げると、若党らしい侍が出て来て、

「たった今、お出かけになりました」

と、答えた。

「どちらに？」

「川村大次郎さまのお使いだという中間ふうの男がやって来て、神田明神までお出かけになりました」

「川村大次郎？　で、滝三郎どのは素直に出かけたのか」

「少し迷っていたようですが」

「わかった」

剣一郎は玄関を出て、神田明神に急いだ。

西陽を正面に受けながら、剣一郎は神田明神にやって来た。鳥居をくぐって拝殿まで行く。しかし、滝三郎の姿はない。

剣一郎は参道に戻って、水茶屋に顔を出し、茶屋女にきく。

「若い侍がここにやって来なかったか」

「遊び人ふうの男とこの裏手のほうに行きました」

礼を言って、剣一郎は裏手に向かった。水茶屋の裏に出ると、雑木林になっている。そこに入って行くと、鋼同士がぶつかり合う音が聞こえた。

剣一郎はそのほうに駆けた。

すると、三人の浪人体の侍たちが滝三郎を囲んでいた。

「待て」

剣一郎が一喝すると、三人が一斉に振り返った。ひとりは頬まで濃い髭が覆ったむさ苦しい顔だち、もうひとりはぎょろっとした目でいかつい顔、そして残りのひとりは青々とした剃り跡の目立つ顎の長い浪人だ。

「おまえたちは何者だ？」

剣一郎は誰何した。

「おまえこそ、誰だ？」

髭面の浪人が吐き捨てるように言う。

「南町与力の青柳剣一郎である」

「………」

浪人たちは顔を見合わせた。

「誰に頼まれたか、教えてもらおう」

剣一郎は剣を抜いた。

「邪魔するな」

髭面の浪人が上段から斬り込んできた。剣一郎は相手の剣を弾く。が、すぐ剣を戻し、再び襲ってきた。激しく渡り合う間に、ぎょろ目の浪人が剣一郎の背後から斬りつけてきた。身を翻し、背後の敵の剣を払う。

剣一郎がふたりを相手にしている間、もうひとりの顎の長い浪人が滝三郎と対峙していた。

「今度は容赦はせぬ」

剣一郎は剣を正眼に構えた。

「おのれ」

髭面が斬り込んできた。剣一郎は十分に引き付けて、体を開きながら相手の剣を避け、すかさず左の二の腕に刃を突きたてた。

うめき声をあげて髭面の浪人がよろけた。さらに、斬り込んできたぎょろ目の浪人の剣を弾いてその手首に切っ先を当てた。

浪人の手から剣が落ちた。ちょうど、滝三郎も顎の長い浪人を追いつめていたが、その浪人がいきなり体の向きを変えて駆けだした。

「待て」

滝三郎が追った。

剣一郎は髭面の浪人の眼前に剣先を突き付け、

「誰に頼まれた?」

と、迫った。

「知らぬ」

「とぼけるつもりか。ならば、大番屋にしょっぴく。南町与力に襲いかかったのだ。ただではすまぬ」

剣一郎は脅した。

「今逃げて行った男だ」

「偽りを申すな」

「あの男は野末助五郎という名だ。呑み屋で声をかけられたのだ」

髭面が言うと、もうひとりの浪人も、

「ほんとうだ」

と、手首を押さえて訴えた。

「野末助五郎はどこに住んでいる」

「わからない」

「声をかけられた呑み屋はどこだ？」

「親父橋の近くだ。俺たちが呑んでいる前に座り、殺しを持ち掛けてきた。前金で五両、うまく相手を倒せたら、あと五両くれるということだった」

嘘をついているようには思えなかった。

「なんという居酒屋だ？」

「『酒蔵』だ」

そこに滝三郎が戻ってきた。

「取り逃がしてしまいました」

「逃げて行った浪人は野末助五郎という名だそうだ」

剣一郎は滝三郎に話してから、

「中間ふうの男が迎えに来たということだが」

と、きいた。

「はい。三十前の瘦せぎすの男でした」

「その男は何者だ?」

剣一郎は浪人にきく。

「助五郎の仲間だ。俺たちは知らない」

「とぼけるのか」

「ほんとうだ」

剣一郎はほんとうのことを言っているようだと思った。

「わかった。信じよう。もう二度と、このような真似は止めるのだ。よいな」

「わかった」

「よし、行っていい。早く傷の手当てをせよ」

「いいのか」

浪人は剣一郎の表情を窺った。

「今度だけは許す。名もきかぬ」

「かたじけない」

ふたりは立ち上がって去って行った。

「青柳さま。ありがとうございました」

「それより、川村大次郎どのからの呼び出しということであったが？」

「はい。それを信じてここまで来ました。話し合いをすべきかと思いまして」

「ほんとうに川村大次郎どのからの呼び出しかどうか……」

剣一郎は首を捻った。

「ともかく、今後も注意をすることだ」

「はい」

「菊どのにもしばらく外出は控えるようにしてもらったほうがいい。野末助五郎の件は調べてみる」

「はい」

滝三郎は素直に頷き、引き上げた。

その夜、夕餉をとり終えたあと、太助がやって来た。

「玉堂の行方の手掛かりはつかめません」

「夜に出て行ったのであろう。しかし、誰にも見られていないのも不思議だ。木戸番の目にも入っていないのだからな」

「ほんとうに煙のように消えてしまったという感じです。玉堂はほんとうに死神だったという噂が流れています」

「うむ」

剣一郎は腕を組んでため息をついた。

「それから煙草売りの清次さんが、雷門前の『亀屋』という団子屋の主人から玉堂のことで妙な話を聞いたそうです」

「妙な話？」

「団子屋の店先に、物乞いが立ったそうです。そのとき、どこぞのお武家の娘さんがその物乞いに団子を買ってやったらしいのです」

「その娘の名はわかっているのか」

「いえ、わかりません、ただ、十七、八歳のとても美しい娘さんだったそうです」

「十七、八歳の美しい娘……」

剣一郎の脳裏に菊の顔が掠めたが、まさかと思った。

しかし、念のために調べてみたほうがいい。剣一郎はそう思った。

「太助、その店に行ってみたい」

「わかりました。明日、ご案内します」

太助は張り切って答えた。


翌朝、剣一郎は太助とともに雷門前にやって来た。

浅草寺門前は料理屋、うどん屋、そば屋、餅屋、団子屋が並んでいた。太助は、そのうちの『亀屋』と看板を掲げた店にまっすぐ向かった。

すでに店先には客がいた。買い物を終えて客が引き上げたあと、剣一郎は亭主らしい男に声をかけた。

「ききたいことがある」

「青柳さまで」

亭主は頭を下げた。

「武家の娘が物乞いに団子を買ってやったと聞いたが」

「はい。まさか、あの物乞いが今噂の……」

あわてて、亭主は声を呑んだ。

「おそらく、その物乞いであろう。で、そのときの様子を話してもらいたい」

「へえ。十日ほど前でしょうか、そのお武家の娘さんがお供の女中といっしょに立ち寄られ、団子をお買い求めくださいました。そのとき、物乞いが店先に立ったんです。お客さまの迷惑になりますから追い払おうとしたら、その娘さんが物乞いに声をかけました。それから今買ったばかりの団子の包みをそのまま物乞いに渡したんです。どこかで落ち着いて食べてくださいと」

亭主はそのときのことを思いだしたように目を細め、

「で、娘さんは改めてもう一度団子をお買い求めになられました」

「その娘の名は聞いていないな」

「はい。とても美しい娘さんでした」

「何か、他にその娘のことで気づいたことはないか」

「そうですね。そうそう、娘さんは女中のことをおかねと呼んでいました」

「なに、女中の名はおかね。そうか、礼を言う」

剣一郎は店を出た。

「太助。田原町で、『亀屋』の団子の包みを持って歩く玉堂を見た者がいるかどうか聞き込んでくれ。それから、知恩寺の寺男に玉堂が団子を持ってきたことがあるか確かめるのだ」

「わかりました」

「わしはこれから御徒町に行く。あとで知恩寺で落ち合おう」

「へい」

太助と別れ、剣一郎は御徒町に向かった。


田所文兵衛の屋敷に着いた。文兵衛は出仕して留守だったが、剣一郎の用向きは菊だった。

客間で、剣一郎は菊と差し向かいになった。

「つかぬことをお伺いするが、こちらにおかねという女中はおられるか」

剣一郎はさっそくきいた。

「はい。おかねならおりますが」

菊は訝しげな顔をした。

「一月の半ば過ぎ、そなたはおかねとともに浅草寺に行かれたか」

「はい、行きました」

「その帰り、『亀屋』の団子を買い求めたな」

「どうして、そのことを」

　菊は目を見開いた。

「その際、物乞いに買ったばかりの団子を与えたそうだが」

「そのようなことまで」

　菊は目を丸くした。

「じつは、我らはその物乞いの男のことを調べているのだ。で、たまたま団子の件を知ってな」

「そうでございましたか」

　菊は眉根を寄せ、

「団子を買い、お店を出ようとしたとき、物乞いの男の人が店先に立っていました。寒いのに破(やぶ)れ単衣(ひとえ)で、あまりに物欲しそうに見えたので、お団子が欲しいんですかときいたら、大きく頷いたのです。それで、包みごと差し上げました」

「その物乞いは受け取ったのか」

「はい、大事そうに抱えてお店を離れて行きました」

「なるほど」

剣一郎が意外に思ったのは、団子が欲しいかと菊がきいたら、玉堂が大きく頷いたということだ。相手の言葉がわかったのだ。

剣一郎が声をかけても何の反応も示さなかった。とぼけている印象はなかった。玉堂にとっては団子が特別なものだったのだろうか。

「青柳さま。その物乞いがどうかなさったのですか」

菊の耳には、首縊りの噂は入っていないようだ。

「いや、なんでもない。ただ、菊どののやさしさに心を打たれたのでな」

「そうですか」

腑に落ちないような表情だったが、菊は何も言わなかった。


それから四半刻（約三十分）後、剣一郎は知恩寺にやって来た。

境内に、太助と煙草売りの清次がいた。

「清次、『亀屋』の団子のことはごくろうだった」

剣一郎は称えた。

「いえ」

清次ははにかんだ。

「寺男に聞きましたが、玉堂が団子を持ってきたかどうかわからないそうです」

太助が言う。

「そうか。清次、頼みがある」

「へい、なんなりと」

「死んだ大道芸人の死の直前の様子を知りたい。芸人長屋の仲間に聞いてみてくれ」

「わかりました。これからさっそく」

清次は気負って言う。

「頼んだ」

清次が境内を飛び出して行ったあと、

「太助、ついてまいれ」

「へい」

剣一郎は太助といっしょに山門を出た。

三

稲荷町から新堀川沿いに蔵前に出て、浅草御門を抜け、浜町堀(はまちょうぼり)を越えて葭町(よしちょう)から東堀留川にかかる親父橋の袂(たもと)までやって来た。

その間、剣一郎は太助に菊をめぐる旗本の不良息子の話をした。

親父橋の傍に居酒屋『酒蔵』があった。まだ暖簾(のれん)は出ていなかった。

太助が戸に手をかけると開いた。

店には誰もいない。

「どなたかいらっしゃいますか」

太助が板場のほうに行き、声をかけた。

ひとの気配がした。

「まだだぜ」

たすき掛けの男が無愛想(ぶあいそう)に言いながら出てきた。が、剣一郎の顔を見て、あわててたすきを外し、

「これは青柳さまで」

と、態度を改めた。

「亭主か」

「へえ」

「ききたいことがある」

「なんでしょうか」

「野末助五郎という浪人を知っているか。青々と髭の剃り跡の目立つ、顎の長い男だ。ここの客だそうだが」

「野末助五郎ですかえ。いえ、知りません」

「知らない？」

「へえ、浪人さん方はよくここに来てます。ですが、名前は知りません。顔を見ればわかると思いますが」

「大柄で髭面の浪人に心当たりはあるか」

「髭面の浪人さんは客の中にいますが、名前は知りません」

「ぎょろ目でいかつい顔の浪人はどうだ？」

「あっ、青柳さま」

亭主が思いだしたように、

「髭面の浪人とぎょろ目の浪人の組み合わせで思いだしました。何日か前、ふたりが呑んでいる前に腰を下ろしたのが、確か顎の長い浪人でした」

「そうか。その顎の長い浪人が野末助五郎だ」

「注文をとりにいったら、すぐ引き上げるからと追い払われました。そうですか。あの浪人は野末助五郎って言うんですか」

「その浪人ははじめてきたのか」

「そうです」

「三十前の痩せぎすの中間ふうの男に心当たりは？」

「三十前の痩せぎすですか」

亭主は首を傾げた。

「それだけではわからないだろうな」

「すみません」

「うむ、邪魔をした」

剣一郎と太助は外に出た。

ここでの収穫は、髭面の浪人が嘘をついていなかったとわかったことだ。野末助五郎が腕の立ちそうなふたりに目をつけ、仲間に誘ったのだろう。

滝三郎を呼びに行った三十前の痩せぎすの中間ふうの男は、川村大次郎の使いだと言ったという。

騙し討ちをするのに、わざわざほんとうの名を口にするとは思えない。もし、暗殺に成功したら、滝三郎の屋敷の者は川村大次郎に誘き出されて殺されたと騒ぐはずだ。

つまり、誘き出したのは川村大次郎ではないということだ。

真庭兵太郎か。兵太郎が滝三郎殺しを野末助五郎に頼み、川村大次郎の名で誘き出したという筋書きか。

そのほうが腑に落ちる。

「太助。深川だ」

剣一郎はそう言い、鎧河岸を通り、永代橋に向かった。

「深川に何が？」

太助がきく。

「仲町に真庭兵太郎が遊んでいる『かね川』という料理屋がある。以前は教えてもらえなかったが、今回は聞き出すつもりだ」

永代橋を渡る。橋の真ん中で大勢が欄干に近寄って海のほうを見ていた。かなたに冠雪した富士がくっきり見えている。

　太助は富士に気をとられているようで、遅れ気味についてくる。

　八幡橋を渡り、一の鳥居を潜ると、櫓下に続いて仲町の花街になった。

　剣一郎は『かね川』の門を入り、編笠をとって土間に立った。すると、帳場のほうから女将が出てきた。

「青柳さま」

　女将の眉根が寄っていた。何を警戒しているのか。

「きょうははっきり教えてもらいたいことがある」

　剣一郎は鋭く言う。

「はい」

　女将は不安そうな顔をした。

「真庭兵太郎どのの仲間に、野末助五郎という浪人はいないか」

「野末助五郎さまですか。いえ、おりません」

「顎の長い顔をしている」

「いえ、そのようなお方はおりません」

「間違いないか」

「はい。それに、お仲間に浪人のような方はおりません」

「いない？　では、仲間の侍というのは、いずれも武家の子息か」

「はい、さようで」

女将は不安そうに答える。

「最近、真庭兵太郎どのは来るか？」

「………」

「どうした？」

「いえ」

女将に落ち着きがない。何か隠しているようだ。

「ひょっとして今、真庭兵太郎どのが来ているのではないか」

女将は顔色を変えた。

「来ているのだな」

「………」

やはり客のことを軽々に口にするのははばかられるのだろう。

「よし、待たせてもらおう」

「えっ、帰りをお待ちになるのですか」

「そうだ」

そのとき、土間に入ってきた客がいた。

「いらっしゃいまし」

女中が迎えた。

女将が戸惑ったような顔をした。剣一郎は振り返って客を見た。三十半ばぐらいの男が驚いたような目をしていた。

「青柳さま」

『半田屋』の半五郎だった。

「そなたは半五郎だったな」

「どうも」

「『半田屋』の旦那。どうぞ」

すぐに女将は半五郎に上がるように促し、女中に案内を命じた。

半五郎は剣一郎に会釈をし、女中のあとについて行った。

「偶然か」

剣一郎はきいた。

「えっ？」

「真庭どのが来ているのであろう。そこにもめている相手の半五郎がやって来た。小次郎も呼んでいるのか」

「いえ」

「小次郎ではなく他の芸妓を呼んだのか」

「いえ」

「では、飲み食いのためにか」

「はい」

「真庭どのもか」

「さようで」

剣一郎はなんとなく引っ掛かりを覚えた。ふたりは対立をしているはずだが……。

「女将、わしを真庭どのの座敷に通してもらおうか」

「えっ？　お待ちください。そのようなことは……」

「もちろん、真庭どのの許しを得てからだ」

剣一郎は言ってから、

「どうだ。真庭どのにきいてみてくれぬか。南町の青柳剣一郎がご挨拶をしたいと申していると」

「そんな」

「ききに行けないのなら、引き上げるまで待たせてもらう」

「…………」

女将は迷っていたが、

「わかりました。お伝えしに行ってきます」

と、渋々立ち上がった。

しばらくして、女将が戻ってきた。

「お通しせよと」

「まことか」

意外な気がしたが、剣一郎は刀を太助に預け、女将のあとに従い、内庭に面した廊下を通り、一番奥の座敷に行った。

廊下に腰を下ろし、女将は襖（ふすま）を開けた。

「お連れいたしました」

女将が声をかける。

「入れ」

その声に、剣一郎は中に入った。床の間を背に、二十七、八と思える男が脇息に寄り掛かっていた。他に若い侍が三人いた。

「南町与力の青柳剣一郎と申します。真庭兵太郎さまにございますか」

剣一郎は手をついて挨拶をし、脇息に寄り掛かっている男に声をかけた。

「そうだ。そのほうが、市中で評判の青痣与力か」

「恐れ入ります」

「で、不浄役人が俺に何か用か」

兵太郎は目がつり上がり、薄い唇をしている。

「ちょうどお出でと伺い、一言ご挨拶をと思いまして」

「俺はそのほうに挨拶をされる謂れはない」

「じつは私は、御徒組頭田所文兵衛どののご息女菊どのと、御徒衆の前島滝三郎どのの後ろ楯になっておりまして、その関係で兵太郎さまのことも存じあげております」

「…………」

兵太郎は不快そうに顔を歪めた。

「じつは昨日、前島滝三郎どのが川村大次郎さまの使いと名乗る男に誘き出され、待ち伏せていた浪人に襲われました」

「そんな話を聞いても仕方ない」

「これから暗殺しようとする者がわざわざ身分を明かすとは考えづらく、何者かが川村大次郎さまに責任をなすりつけようとしたのではないかと思われます」

「………」

「兵太郎さま」

剣一郎は口調を改め、

「野末助五郎という浪人をご存じではありますまいか」

「誰だ、それは？」

「何者かに頼まれて、前島滝三郎どのを殺そうとした者です。これについては町奉行所の掛かりとなり、これから本格的な探索に入ることになります」

「………」

「その前に、ほんとうに川村大次郎さまの仕業でないかをはっきりさせるために、これからお会いするつもりです」

「俺を疑っているのか」

兵太郎が声を震わせた。

「何か疑われるようなことが?」

剣一郎は兵太郎の顔を見つめる。

「俺は野末助五郎など知らぬ」

「そちらの方々もご存じありませんか」

他の侍にきく。三人とも旗本か御家人の子息であろう。

「知らぬ」

三人は口々に言う。

「さようですか」

「青柳剣一郎」

兵太郎は憤然とし、

「俺にあらぬ疑いをかけ、ただで済むと思っているのか」

「決して、疑っているわけではありません。そう受け取られたとしたら、申し訳ないことでございます」

剣一郎は頭を下げてから、

「兵太郎さまのお屋敷には三十前の痩せぎすの中間はいらっしゃいますか」

と、きいた。

「無礼な。俺のところの中間が前島滝三郎を誘き出したとでも言うのか」

兵太郎が声を荒らげた。

「これは異なことを」

剣一郎は大仰に、

「どうして、その三十前の痩せぎすの中間が前島滝三郎どのを誘き出したと思われたのでしょう」

「なに？」

「私は川村大次郎さまの使いと名乗る男に誘き出されたと申しましたが、中間が誘き出したとは言っていません」

「…………」

「ひょっとして、前島滝三郎どのを誘き出したのが三十前の痩せぎすの中間であることをご存じであられましたか」

「ばかな。そのほうの話の流れからそう思ったまでだ」

兵太郎は片頬（ほお）を引きつらせた。

「青柳さま。最前からの無礼な振る舞い、許しませんぞ」

若い侍のひとりが腰を浮かした。

「あなたは？」

「誰でもいい」

若い侍は叫ぶように言う。

「老婆心ながら、私がなぜ、この料理屋のことを知ったのかお話ししましょう。御徒目付どのから聞いたのです」

「………」

「よいですか。あまり市中で派手なことをすると、御徒目付に目をつけられますぞ。場合によっては、そなたたちのみならず、御家の存亡に関わる事態にも発展しかねません。直参としての矜持を保って過ごされよ」

剣一郎は兵太郎に顔を向け、

「前島滝三郎どのや菊どのの身に危害が及ぶようなことがあれば、まっさきに疑われるのは兵太郎さまですぞ」

と、はっきり言った。

「なに」

兵太郎はむっとした。

「兵太郎さま。菊どのの件で恨みを晴らそうとすれば、そなたの身の破滅に繋がることを考えよ」

「…………」

　兵太郎は口をわななかせた。

「私は野末助五郎を捜し出す。だが、兵太郎さまが心を改めるなら、野末助五郎を追いつめるまではせず……」

「黙れ」

　兵太郎は立ち上がった。

「俺は野末助五郎など知らぬ。それほど言うなら、俺が知っているという証を見せろ」

「あなたさまが直接知らなくとも、間に介在した者がいることも考えられます」

「…………」

「最前、口入れ屋の『半田屋』の主人半五郎と会いました。誠に不思議でござる。いがみ合っているというふたりがまるで示し合わせたように同じ場所にいる。ひょっとして、別間でひそかにお会いになるのでは？」

「ばかな」

「いがみ合っているように見せているだけで、じつは裏では通じ合っていた。野末助五郎に前島滝三郎を襲うように命じたのは半五郎かもしれませぬ」

「でたらめだ」

兵太郎は吐き捨てた。

「だとしたら、半五郎は兵太郎さまを貶(おとし)めるために、野末助五郎に前島滝三郎を襲わせ、その罪を兵太郎さまに」

「違う」

「ならばよいのです」

剣一郎はそう言い、手を叩いた。

すぐ襖が開き、女将が顔を出した。

「女将、『半田屋』の主人半五郎に、これから青柳剣一郎がご挨拶に行きたいと伝えてもらいたい」

「そんな」

女将が兵太郎の顔色を窺った。

「もちろん、断られても仕方ない。いや、よければここに来るようにと」

「わかりました」

女将が腰を上げた。

「待て」

兵太郎が鋭い声を出した。

「もうよい」

兵太郎は苦痛に顔を歪め、肩を落とした。

「兵太郎さま。最前も申したとおり、お心を改めるなら、私はこれ以上の詮索は中止します。御徒目付にも何の問題もないと報告しましょう」

「…………」

「いかがか」

剣一郎は返答を迫った。

「わかった」

兵太郎は声を震わせた。

「今後、田所文兵衛どのにも何の遺恨もないように。よろしいですね」

「わかった」

「いずれ、あなたさまは真庭家のご当主になられるお方。己にも羞じぬように精進され、真庭家をますます繁栄させるようになることを祈っております」

剣一郎はそう言い、頭を下げてから立ち上がった。

「女将、このまま引き上げる」

剣一郎はそう言い、部屋を出た。

『かね川』を出ると、柔らかい陽射しが剣一郎を包み込んだ。柳も青みを増し、梅の花も咲きだしている。

しかし、まだ剣一郎にはやらねばならないことがいくつも残っていた。

四

翌日、剣一郎は清次の案内で、太助とともに下谷山崎町の芸人長屋にやって来た。

清次が死んだ大道芸人のことを聞き込んでいたとき、砂絵描きの年寄りが、剣一郎にならその芸人のことを話してもいいと言い出したという。何やら団子がからむことらしい。

清次から知らせを受けた太助が、朝早く屋敷にやって来たのだ。

芸人長屋の木戸に入る。晴れているのに路地は薄暗い。両側に並ぶ長屋は路地のほうに傾いて庇（ひさし）が迫（せ）り出し、空を狭くしている。

清次は奥の住まいに行き、軋む戸を苦労して開けた。

「とっつあん。青柳さまだ」

清次が声をかける。

土間の隅の桶に、五色の砂が入っている。この砂で、絵を描いたり、文字を書いたりして見物人から銭をもらうのだ。

「これは青柳さまで」

砂絵描きの年寄りは上がり框まで出てきた。

「死んだ芸人のことで何かわしに話があるということだが」

「へえ。荒熊のことで思いだしたことがあったんです」

「荒熊と呼んでいたのか」

「へえ、いつも丹波の荒熊の格好をしていたんで、そう呼んでました」

「なるほど。それで、荒熊は団子と何か関わりがあったとか」

「荒熊はいつも死にたいと嘆いていました。というのも、ずっと全身がだるく、目もだんだん見えなくなっていたそうです。ときどき激しい痛みにも襲われているようでした」

「病に罹っていたのか」

「はい。最近は痛みが強くなっていたようです。ですから、荒熊が首を括ったと聞いたとき、とうとうやったかと思いました」

砂絵描きの年寄りは痛ましげに言う。

「では、世間の噂をどう思っていた？」

「首を括る約束を死神としたって話ですか」

「そうだ」

「死に神なんていやしませんよ。さっきも言った通り、荒熊は病に苦しんでいたんです」

年寄りは目脂(めやに)のついた目を向け、

「いつだったか、あっしはもらった団子を荒熊にやったことがあった。荒熊は夢中で食いながら、これを腹一杯食ったらもう思い残すことはないと言ったんです」

「なに、団子を腹一杯食ったらだと？」

「はい。甘いものを食べたあとは、体に不調を来(きた)すようでした。そんときも、ひとつ食べただけなのに、あとでぐったりしてましたから」

「そうか」

「だから、好きな甘いものを控えていたそうです。久しぶりに食べたら、おいしかった。そして、死ぬ前には団子を腹一杯食べたいと……」

年寄りはしんみり言う。

「そうか」

剣一郎は想像した。

菊から団子をもらった玉堂は、知恩寺に帰る途中で荒熊と出会ったのだ。いや、荒熊は団子をもらうところを見ていたのかもしれない。

玉堂は荒熊に『亀屋』の団子をそっくりあげたのではないか。煙草売りの清次が目撃したのは、ちょうどそのやりとりだった。

そして、荒熊はこの世の名残り（なごり）にと団子を食べた。やがて、激痛に襲われるだろう。だから、その前に首を括った……。

剣一郎は自分の想像を話した。

「そうに違いありません」

年寄りは目を細めて言った。

「荒熊は思い残すことなく死んでいったんですよ」

「医者にかかることが出来たら、死ぬようなことはなかったろうに。少なくともあれほど苦しむことはなかったでしょう」

剣一郎は痛ましげに言う。

「荒熊はいつも全身に墨を塗っていました。全身に灰墨を塗ることが害になったんじゃないかと思っています。でも、荒熊はそうするしか生きていく手立てがなかったんだ」

年寄りはやりきれないように首を横に振った。

「荒熊にはかみさんはいなかったんだな」

剣一郎はきいた。

「一時、一緒に暮らしていた女がいましたが、いつの間にかひとりになっていました」

「そうか」

「青柳さま。その玉堂というひとの行方はわからないのですか」

「わからぬ。世間の者からは死神と思われたまま、姿を消した」

剣一郎は首を傾げ、

「未だに、手掛かりがないのは不思議だ」

と、呟いた。

「玉堂さんも可哀そうなお方ですね。世間を避けて生きていかなくてはならないのですから」

　年寄りはそう言ってから、

「まさか、人知れず、どこぞで首を括っているんじゃ……」

「いや、生きている。わしはそう信じている。邪魔したな」

「へい」

　剣一郎らは芸人長屋をあとにした。


「清次。ご苦労だった。これで、荒熊という大道芸人が首を括ったわけがわかった。ただ、これだけでは、世間が玉堂が死神であるという疑いを解くまでにはならない。『松浦屋』の番頭の件も解決せねば」

「青柳さま。あっしで何かお役に立てることがあれば」

　清次が申し出た。

「やはり、玉堂の行方を捜したい」

「町を巡回していた鳶の者にきいたのですが、あの夜、誰も玉堂らしい男を見ていませんでした」

清次が口惜しそうに言う。

「あっしも木戸番らに当たりましたが……」

太助も口を入れた。

「町中は見廻りのひとが出ていた。それらの者の目に入らなかったのは、知恩寺を出て、人の少ない浅草田圃か入谷田圃を抜けて三ノ輪のほうに行ったからかもしれない」

「三ノ輪でも聞き込みをしましたが、手掛かりはつかめませんでした」

太助が首を横に振る。

「そうか。じつは、わしはかねてから心配していることがある」

「なんでしょうか」

「何者かが玉堂を利用することだ」

剣一郎は口にする。

「玉堂にひとの心を操る才があると信じた者は、玉堂を手なずければ気に食わない者にどんどん首縊りをさせることが出来ると思うかもしれない。そういった連中が玉堂を連れ去ったとも考えられる」

「じゃあ、玉堂はひとりで動いているわけではなく、誰かといっしょに……」

清次は驚いたように言う。

「そうだ。複数だ。あるいは駕籠に乗せられたかもしれない」

「わかりました。今まで、玉堂を見かけなかったかときいていましたが、もう一度数人のひとの動きを見ていないかきいてみます」

太助が応じた。

ふたりと別れ、剣一郎は稲荷町の知恩寺に行った。

寺男が近寄ってきた。

「青柳さま」

「その後、玉堂が戻ってきた形跡はないのだな」

「はい」

「ちょっと気になったのだが、玉堂はときどき墓地に入っていたな」

「はい。そうです」

「墓地に何かあるのか」

「わかりません。お墓のお供え物に手を出していたのかと思っていましたが」

「なるほど。それが目当てか」

剣一郎は頷いたが、

「玉堂はいつも墓地のどの辺りに行っていたかわかるか」

　と、思いついてきいた。

「北側です。そこの辺りは富裕な商家の墓が多いのです。お供え物も多いですから」

「すまないが、そこに案内してくれぬか」

「はい」

　寺男は先に立った。

　剣一郎は寺男について墓地に足を踏み入れる。陽射しは暖かく、墓の周辺の木々も芽吹いていた。

　いくつか角を曲がって、大きな五輪塔が立ち並んでいる一帯にやって来た。なるほど、どれも立派な墓で、花が飾られ、お供え物が置いてある。

「ときたま浮浪の輩が出没します。ですから、玉堂さんもこの辺りで、お供え物を漁っていたのではないでしょうか」

　先日、あとを尾けると、玉堂はこの辺りで佇んでいたのだ。

　ほんとうにお供え物が狙いだったのだろうか。確かに、団子屋の店先に立っていたことでも甘いものが好物らしいことはわかる。

しかし、玉堂はその団子を荒熊にあげてしまった。

陽が翳(かげ)った。急に冷んやりしてきた。

剣一郎と寺男は引き上げた。

「玉堂さん、ほんとうにどこに行ってしまったのでしょうか」

寺男がきく。

「まったく、手掛かりがない」

「さようで」

寺男はため息をつく。

本堂に向かいながら、

「そなたはここで働いてどのくらいになるのだ?」

と、剣一郎はきいた。

「今のご住職さまになられてすぐですから、七年になります」

「ご住職は七年前に?」

「そうです。先代のご住職がお亡くなりになって、あとをお継ぎに」

「そうであったか」

本堂の前で、寺男と別れ、剣一郎は山門を出た。

剣一郎は新堀川を渡り、東本願寺前を通って、田原町の『松浦屋』にやって来た。

紅色の丈の短い暖簾をかき分けて土間に入った。店畳には相変わらず客が何人もいた。

「これは青柳さまで」

いつぞやの手代が近づいてきた。

「主人は今、出かけております」

「そうか。ちょっとききたいのだが、番頭の敬助は亡くなる前日は少し落ち込んでいたということだったな」

「はい。元気がありませんでした」

「何があったのか、見当はつかないのか」

「はい」

「その日、敬助は外出したか」

「いえ。ずっとお店にいました」

「誰かが訪ねてきたことは？」

「いえ、ありませんでした」

「敬助はときたま夜に外出していたな」

「はい」

「吉原に行っていたそうだが？」

「旦那さまはそう仰っていましたが、私は違うと思います」

手代は否定した。

「違う？　どうして、そう思うのだ？」

剣一郎はきいた。

「敬助さんから聞いたことがあります。俺は玄人の女は好きじゃないって」

「それはどういうときに口にしたのだ？」

「一度、敬助さんに吉原はどんなところですかときいたことがあるんです。そしたら堅苦しい仕来りばかりで面白くないって言ってました」

「吉原ではないとすると、どこに行っていたのだろうか」

「わかりません」

「女がいたのではないか」

「ええ。浮いた話は一切しませんでしたが、女のひとのところだろうと思っています」

「それはどうしてだ?」

「敬助さんが帰ってきたとき、戸を開けるのは私の役目でした。いつも帰ってくると、香の匂いがしていました。だから、女のひとに会ってきているのだと。敬助さんは何も言わないので、私もあえてきこうとはしませんでした」

外出したというのは死の七日前だ。死の前日まで元気だったのだから、その女のことではないようだ。

しかし、敬助が誰と会っていたのかは気になる。弔(とむら)いにも、それらしき人物は現われなかったという。太助に調べさせようと思った。

「わかった。また、何か思いだしたら教えてもらいたい」

「はい」

剣一郎は『松浦屋』を出た。

五

翌日の朝、京之進の手札を与えている岡っ引きが剣一郎の屋敷に駆け込んできた。

「青柳さま。今朝、六輔を捕まえ、今、南茅場町の大番屋に連れていきました」

「証が見つかったのか」

「はい。本所の火消し十二組の者に六輔を見かけなかったかときいてまわったところ、ひとりが南本所出村町にある、常泉寺の裏手に行くのを見ていました。それで探索したところ、常泉寺の裏手で、血のついた匕首と着物が見つかりました」

「よし、すぐに行く」

剣一郎は外出の支度をし、太助がきたら南茅場町の大番屋に来るようにと多恵に言づけ、屋敷を出た。

茅場町薬師の前を通り、日本橋川沿いにある大番屋に着いた。

戸を開けて中に入ると、京之進が六輔を取り調べているところだった。

「どうだ？」

剣一郎はきいた。

「なかなかしぶとい野郎です」

京之進が吐き捨てた。

「あっしは何もやってませんぜ」

筵（むしろ）の上に座った六輔はふてぶてしい態度で叫ぶ。殺された指物師の善造の言う通り、のっぺりと扁平（へんぺい）な顔をしている。

「この血のついた着物はおまえのだ」

京之進が着物を突き付ける。

「そんな着物、どこにでもありますぜ」

「では、事件の夜、常泉寺の裏手に何しに行ったのだ？」

「小便ですよ」

「いい加減なことを言うな」

「ほんとうのことだからしょうがねえ」

六輔は冷笑した。

「あちこちで豪遊していたが、その金はどうしたんだ？」

「だから、博打（ばくち）で勝ったっていったじゃありませんか」

「どこの賭場（とば）だ？」

「そんなこと言えませんよ」

「六輔」

剣一郎は声をかけ、

「そなた、地蔵背負いをよく知っていたな」

と、いきなり口にした。

「な、なんのことでえ」

六輔はあわてたように言う。

「善造を首吊りに見せかけて殺しただろう」

「知らねえ」

六輔は横を向いた。

「『村田屋』に忍び込み、主人夫婦を殺して金を奪った。その金で、豪遊していたことはわかっている」

剣一郎は少しかまをかけてみた。

「金なんか盗んでいませんぜ」

「ほう、盗んでない？　殺したことは認めるのか」

「そうじゃねえ。『村田屋』に忍び込んじゃいねえってことです」

「いや、殺すために押し入ったのだ。誰かに頼まれてな」

「…………」

「だが、逃げるとき、善造に顔を見られた。我らはその直後に居合わせた。そなたは善造の言う人相にそっくりだった」

「あっしには何のことかさっぱり」

六輔はとぼける。

「だが、顔を見られたことは気になった。いよいよ、危ないとなって、善造の口を封じるために、首吊りに見せかけて殺した。その手口が地蔵背負いだ」

「知りませんぜ」

「見事な手口だった。はじめてではあんなにうまくいくとは思えぬ。以前にもやったことがあるな」

「冗談じゃありませんぜ」

「まだ、認めぬか」

「やってないものはやってないと言うしかありません」

「たいしたものだ」

剣一郎はいきなり讃えた。

「ほんとうのことを言っているだけですから褒められる筋合いはありませんぜ」

「いや、しらを切り通そうとしていることを褒めているのではない。そなたは自分ひとりで罪をかぶることになる。自分を犠牲にしてまで仲間を助けようとしている。そのことに感心しているのだ」

「………」

「そなたに『村田屋』の主人夫婦殺しを命じた男は、これから思う存分いい思いが出来る。さぞかし、そなたに感謝していることだろう」

剣一郎は六輔の顔を見つめ、

「そういえば、先日『村田屋』に顔を出したら、すっかり亀吉は主人気取りだった。おまちという女といっしょに暮らしているようだな。店番の又蔵という年寄りも上機嫌だった。だから、そなたも安心するがいい。自分を犠牲にして仲間を守る。なかなか出来ることではない」

「………」

六輔の顔色が変わった。

剣一郎は六輔から離れ、京之進に向かい、

「この六輔の思いに応えて、自分ひとりで『村田屋』に押し入り、主人夫婦を殺し、金を奪い、顔を見られた善造を首吊りに見せかけて殺した。そういう疑いで、牢送りにしてやろう」

「待ってくれ」

六輔が声を張り上げた。

「どうしてあっしだけが牢送りにならなきゃならねえんだ」

「それが、そなたの望みではないのか。そなたのおかげで亀吉はこれから笑って過ごせるのだ。満足であろう」

「冗談じゃねえ」

「何が不満なのだ？」

剣一郎はわざときく。

「心配するな。念のために、これから亀吉を問い質す。当然、俺は知らないと殺しを依頼したことを否定するだろう。そのとき、六輔がひとり罪をかぶったと伝えておく」

「…………」

六輔は口をわななかせた。

「どうした？」

「あっしは……」

剣一郎は再び六輔の前に腰を落とし、

「六輔。よく聞くんだ。血の付いた着物と凶器を隠した疑い、下手人の顔を見た善造の証言、事件後のそなたの豪遊など、そなたへの疑いは強い。もはや、言い逃れは出来ぬ。こうなったら、すべてを白状し、潔く刑に服するのだ」

「…………」

「そなたはひとを三人も殺している。死罪は免れぬ。だが、罪を悔い、まっとうになって最期を迎えるのだ。さすれば、今度生まれ変わるときは、きっとまともな生き方が出来るようになろう」

六輔は俯けていた顔を上げた。

「……恐れ入りました。あっしがやりました」

その顔からはさっきまでの厚かましさは抜けて、目には涙が浮かんでいた。

「『村田屋』夫婦殺しは亀吉に頼まれたのです。亀吉は勘当されると思って、その前に養父母を殺し、店と財産を手に入れようとしたんです」

「善造殺しは？」

「下手人らしい男がいるから確かめて欲しいと、亀吉が善造を空き家に誘い出したんです。あっしと亀吉の知り合いの年寄りが待ち構えて、仰るとおりに地蔵背負いで殺しました」

「その年寄りが物乞いに扮して前日に善造の長屋に顔を出したのだな」

「そうです」

「よし」

剣一郎は立ち上がった。

「これから、亀吉を捕縛に向かいます」

京之進が勇んで叫んだ。

「そなたと亀吉はいつからの付き合いだ?」

京之進が出て行ったあと、剣一郎は六輔に改めて訊ねた。

「一年前からです。『村田屋』を飛び出した亀吉が本所をうろついていて」

「『村田屋』を飛び出した理由を言っていたか」

「実の親でないことがわかったからだと。ずいぶん厳しい親だそうで、実の子でないからきつく当たるのだと嘆いていました」

「そうか」

「青柳さま」

六輔が苦しそうに口を開いた。

「じつは、『村田屋』の主人を刺したあと、主人に亀吉に頼まれたのだと告げたんです。そしたら……」

「そしたら？」

六輔は口を喘がせるようにして声を出した。剣一郎は痛ましげにその言葉を聞いた。


半刻（約一時間）後、京之進は亀吉と又蔵を六輔のいる大番屋とは別の、本材木町三丁目と四丁目の間にある『三四のバンヤ』に連れてきた。

先に来ていた剣一郎は亀吉と又蔵を迎えた。ふたりは剣一郎を見て、不貞腐れたような顔をした。

又蔵を奥の仮牢に入れ、京之進は亀吉の取り調べをはじめた。

「亀吉。六輔がすべて白状した」

京之進が切りだしたが、亀吉はすぐに否定した。

「あっしは身に覚えはありません。六輔がでたらめを言っているんです」

「六輔がおまえに罪をなすりつけようとしていると言うのか」

「そうです」

「なぜだ？」

「自分が助かりたいからでしょう」

「六輔は殺しを認めている。ただ、おまえに頼まれたと言っているのだ」

「じゃあ、あっしを道連れにしようとしているんでしょう」

「押し入って夫婦を殺したが、六輔は何も盗んでいなかった。金も手つかずだった。だが、事件後、金回りがよかった」

「博打で勝ったんじゃないですかえ」

「どこの博打場だ？」

「知りません」

「では、博打で勝ったかどうかはわからないな。ところで、お前たちふたりの仲は良かったのか？」

「へえ、それがいけなかったと悔やんでいます。養父母の話をしたので、六輔は押し込む気になったのかもしれません」

「二十五、六の扁平な顔をした男と聞いて、六輔だとは思わなかったか」

「じつはひょっとしたらと思いました。でも、証がないので口にしませんでした」

「六輔は善造を空き家で首吊りに見せかけて殺した。空き家に善造を誘き出したのはおまえだと言っているが？」

「あっしじゃありませんぜ」

　亀吉はとぼけた。

「善造が六輔の言いなりに空き家に入るとは思えぬ。ひと殺しだからな。その点、おまえの誘いなら素直に従うだろう」

「よしてくださいな」

「善造殺しも知らないと言うのか」

「へえ、知りません。善造が首を括ったのは、死神と言われた物乞いのせいって噂じゃありませんか」

　亀吉は口元を歪めて言う。

「だが、実際は六輔の仕業だったのだ。白状している」

　京之進が言い切る。

「じゃあ、六輔が物乞いの仕業に見せかけて殺したっていうんですね」

　亀吉はあくまでもとぼける。

　京之進が剣一郎に顔を向けた。

　頷き、剣一郎に代わった。

「亀吉」

剣一郎は呼び掛けた。

「六輔はそなたに言わなかったことがあったそうだ」

「なんでしょう」

亀吉は含み笑いの顔を向けた。

「『村田屋』に押し入り、亀太郎を刺したあと、六輔は亀吉に頼まれたと告げたらしい」

「そうですかえ」

亀吉は口元を歪めた。

「馬鹿なやつだと、涙をこぼしたそうだ」

剣一郎は話を続けた。

「亀太郎はこの店も財産もすべてそなたにやるために働いてきたと言ったそうだ。いつか昔のようにまっすぐなそなたに戻ってくれると信じて、勘当も他から養子をもらうことも一切しようとはしていなかったという」

「………」

「そなたに厳しかったのは一人前の商人になってもらいたかったからだと。亀太郎は息を引き取る間際まで、そなたのことを心配していたそうだ。亀吉、そなたは誤解をしていたようだな。それも、もはや取り返しのつかない誤解だ」

剣一郎は激しく叱咤するように言った。

「そんな……」

亀吉の顔面が蒼白になった。

やがて、亀吉の肩が震えだした。

「罪を認め、養父母の冥福を祈るのだ」

しばらく嗚咽を漏らしていた亀吉が顔を上げた。

「あっしがやりました。あっしが六輔に頼んだんです。とんでもないことをしてしまった……」

その場に前かがみに倒れ、亀吉は身をよじって号泣していた。

第四章　蘇り

一

剣一郎は田所文兵衛の屋敷に赴き、客間で文兵衛と差し向かいになっていた。

「前島滝三郎からききました。危ういところを助けていただき、お礼の言いようもございません」

「いえ、滝三郎どのの腕なら私の出番もいらなかったでしょう。背後で糸を引いていたのは、真庭兵太郎のようです。二度と、ばかな真似はしないと約束させました。今度やれば、真庭家の名にも傷がつきます。そこまで愚かではありますまい」

「ひと安心でござる。私がもっとも心配していたのは菊や滝三郎に危害が加えられることでした。とくに、真庭兵太郎どのは気性が激しく、自分の思い通りにならないと何をするかわからないと聞いておりましたので」

「しかし、もうひと方おられる。川村大次郎どのです」

剣一郎は厳しい表情で、

「菊どのに縁談を申し込んでから、町には繰り出していないようです」

「はい、御徒頭（おかちがしら）の戸坂さまからも、大次郎どのは菊を嫁（よめ）にもらうためにずっと身を正して暮らしておられたのだ、それを断るとは何事ぞとお叱（しか）りを受けました」

文兵衛は表情を曇（くも）らせ、

「おそらく、私はこれから冷や飯を食うことになりましょうが、それは構いません。ただ、大次郎どのがこのまま引き下がるか。いえ、それ以上に川村大蔵さまが気になります。かなり、面目（めんぼく）を重んじるお方だそうで」

「あの親子の面目を保つとは、菊どのと滝三郎どのとの縁談がなくなることでしょう」

剣一郎は重い口調で想像を述べた。

「ふたりをいっしょにさせるなと」

「そんなことを求めてくるのではないかと」

「まさか……」

文兵衛は顔色を変えた。が、すぐに深刻な表情で、

「いや、あり得ないことではない」

と呟き、厳しい声で続けた。

「その求めに応じなかったら、何か理由をつけて、戸坂さまは私を処分するつもりかもしれません」

「田所どのもそう思われますか」

「ええ。近々、戸坂さまを通じて言ってくるのではないかと」

「なるほど、そうかもしれませんね」

剣一郎は、大次郎の不行跡を思いだした。奉公人を手討ちにしたという。このことを調べてみようと思った。

「田所どの。川村大次郎どのについて調べてみます。まだ、そうなると決まったわけではありませんので考え過ぎませぬように」

「わかりました」

文兵衛は縋るように剣一郎に頭を下げた。

剣一郎は御徒町から御成道に出て、昌平橋を渡って小川町にやって来た。

武家地に入り、二千石の旗本(はたもと)川村大蔵の屋敷の前に立つ。長屋門の前を素通りした。ほんとうの目的地である、駿河台の真庭兵太郎の屋敷に向かった。

長屋門に近付き、門番の侍(さむらい)に声をかける。

「南町奉行所の青柳剣一郎と申します。真庭兵太郎さまにお目にかかりたくお取り次ぎを願います」

剣一郎は頼んだ。

「約束はあるのか」

「いえ、ありません」

「南町の者が何の用だ?」

「教えていただきたいことがあるだけです。兵太郎さまは私のことがわかるはず。どうか、お取り次ぎを」

「しばし、待たれよ」

門番の侍は奥に向かった。

剣一郎は門の外で待っていた。そこからでも、屋敷の立派さがうかがえる。

待つほどのこともなく、門番が戻ってきた。

「玄関へ」

「では」

返事をし、剣一郎は潜り戸を入って玄関に向かった。

玄関に立つと、鬢に白いものが目立つ用人らしき武士が待っていた。

「青柳どのでござるか」

用人が先に口を開いた。

「さようでござる」

「兵太郎さまはお庭におられる。案内させます」

背後にひとの気配がした。

振り向くと、若い侍が立っていた。

「どうぞ、こちらに」

剣一郎はついて行く。

庭に通じる門の前で、若い侍が、

「申し訳ございませんが、腰のものを預からせていただきます」

と、申し出た。

「わかった」

剣一郎は腰から刀を抜きとって若い侍に渡した。

内門に、別の侍が待っていた。肩幅の広いがっしりした男だ。

「ここからは私がご案内いたします」

剣一郎はその侍に従った。

案内されたのは母屋の裏手にある弓術の稽古場だった。兵太郎は片肌脱ぎで、弓を射っていた。

矢は的の真ん中に命中した。何本か射ったあと、弓を置いて剣一郎のもとに近づいてきた。

「そなたが、ここまで押しかけてくるとは思いもしなかった」

兵太郎は口元を歪めた。

「申し訳ございません。どうしても、教えていただきたいことがございまして」

「それより、単身で乗り込んできて危険だとは思わなかったのか。後ろを見よ」

兵太郎は顎を突き出して言う。

剣一郎は振り返った。数人の侍が佇んでいる。

「俺が命じれば、そなたに襲いかかる。無腰のそなたには手強い相手になろう。それでも手に負えなければ、他の者も応援に駆けつける」

「どうして、兵太郎さまがそのような真似をいたしましょう」

剣一郎は落ち着いた口調(くちょう)で、

「そのような恐れがあるなら、むざむざ押しかけてはきません」

と、応じる。

「俺がそんな真似をしないと思うのか」

「さようです。あなたさまは先日約束されました」

「あの場のことを信じるのか」

「信じます」

「さすがだ」

兵太郎は表情を崩し、

「青痣(あおあざ)与力、やはり俺ごときが立ち向かえる相手ではない」

「いや、あなたさまこそ、不浄(ふじょう)役人の突然の訪問を撥(は)ねつけずに会ってくださいました。なかなか出来ることではありません」

「飛んで火にいる夏の虫とやらだ。あわよくば、先日の屈辱を晴らしてやろうと思ったのだ」

「本気でそう思ったのなら、最前の射った矢はあれほど見事に命中はしません。心に乱れがなかったからでしょう」

「…………」

「兵太郎さま。教えていただきたいのは、川村大蔵さまと大次郎どののことです」

「どのようなことだ？」

「大次郎どのはどのようなお方なのでしょう」

「俺と同い年でな。幼少のときから剣術道場でいっしょだった。そこで張り合い、学問所でも競い合う仲だった。何かあると、常に目の前にあの男がいるという感じだった。今度の菊どののこともそうだ」

「大次郎どのはご次男で、川村家を継ぐわけではないのでは？」

「いや、兄上は体が弱く、大次郎が家を継ぐと言われている」

「そうですか。で、大次郎どのは奉公人を無礼討ちにしたことがあると聞きましたが、ご存じですか」

「聞いている」

「何があったんでしょうか」

「他の家中のことまではわからぬ」

「そうですか」

「大次郎は、菊に意趣返しでもしようとしているのか」

兵太郎は真顔になった。

「わかりません。ただ、川村大蔵さまは御徒頭の戸坂伊左衛門さまと親しい間柄で、田所文兵衛どのは戸坂さまから難題をふっかけられるのではないかと気にしておられましまして」

「…………」

「突然、お邪魔したことをお詫びいたします。では、私はこれで」

剣一郎が引き上げようとしたとき、

「待て」

と、兵太郎が呼び止めた。

「何か俺に出来ることはないか」

「えっ?」

「俺は青痣与力を見て、何か身の置き所のないような窮屈な思いに駆られた。いや、恥ずかしく思った。そなたの器の大きさは何か、今ようやくわかった」

「…………」

「他者への思いだ。俺は常に自分のことしか考えなかった。しかし、青痣与力は違う。自分より先に他者がある」

「奉行所に勤める者の役目だからですよ」

「違う。そなたが他者に向ける眼差し(まなざし)には優しさがあるのだ。俺に欠けていたのはそれかもしれない」

　そう言ったあとで、

「菊どのへの詫びの気持ちもある。俺に出来ることがあれば」

「そこまで仰(おっしゃ)っていただけるのなら、川村大次郎どのが奉公人を手討ちにした理由についてわかれば」

「よし、調べてみよう。わかったら、誰かを知らせに行かせる」

「では」

　剣一郎は挨拶(あいさつ)をして兵太郎と別れた。

　兵太郎は根は決して噂(うわさ)のような悪い男ではなかった。

　自分に欠けていたものに気づいた兵太郎は、今後は弱い者への目配りも忘れないだろう。新しく生まれ変わる兵太郎は、きっと真庭家の立派な当主になるに違いない。

一刻（約二時間）後、剣一郎は馬道にやって来た。

『松浦屋』の番頭敬助が馬道を日本堤のほうに行くのを見ていた者がいた。それで、番頭は吉原に行っていると思われていたが、手代はそれを否定した。

番頭には女がいたという。だとしたら、その女が番頭の自死の理由を知っているかもしれない。

剣一郎は日本堤に出た。吉原へと向かう土手だ。さらに、山谷堀を越えて、浅草新鳥越町に入った。

するると、どこにいたのか、いつの間にか太助が傍に来ていた。

「青柳さま」

「どうだ？」

「この辺りの妾宅に酒を届けている酒屋で聞いたら、『松浦屋』の敬助と特徴の一致する男を見かけたことがあると。その男は、ある妾宅をときたま訪ねていたそうです」

「どこだ？」

「こっちです」

太助が連れて行ったのは田地に近い木立の横にある一軒家だった。黒板塀の瀟洒な家だ。

その前に差しかかったとき、ちょうど格子戸が開いて、小粋な年増が出てきた。首が長く、ほっそりした女だ。

剣一郎と太助はそのまま行き過ぎた。途中、振り返ると、女は山谷堀のほうに向かった。ふたりはあとを尾けた。山谷堀を越え、待乳山の脇から花川戸に出て、さらに吾妻橋の袂を雷門のほうに曲がった。

女はそのまままっすぐ田原町に行った。

行き着いたのは『松浦屋』だった。

「青柳さま」

太助が驚いたように言う。

「うむ」

剣一郎もますます敬助との関係を疑った。

店先に立ち、中を覗く。店畳に上がり、女は応対した手代に古着を出させた。

ちょうど近くにいつもの手代がいたので、剣一郎は声をかけた。

「あっ、青柳さま」

手代は会釈をした。

「あの女の客、誰だ?」

　剣一郎は声をひそめてきく。

「おしなさんです」

「常連か」

「ときたま、いらっしゃいます」

「亡くなった敬助がおしなの応対を?」

「はい。いつも敬助さんがしていました」

「よく思いだしてもらいたい」

「はい」

「おしながやって来た日の夜、敬助は外出していなかったか」

「いえ」

「していないか」

「はい。あっ、でも」

　手代は何かを思いだしたように、

「そう言われれば、次の日は出かけていました」

「そうか。すまなかった」

剣一郎は外に出た。

「おしながやって来た次の日の夜に、敬助は出かけていたのですね」

「旦那が来ない日を教えていたのだろう」

外で待っていると、ようやく、おしなが店から出てきた。

おしなは来た道を戻った。剣一郎と太助はあとを追った。

おしなが浅草新鳥越町の妾宅に戻ったあと、剣一郎は格子戸を開けた。

「どなたですか」

婆さんが出てきた。

「おしなに会いたい。南町与力、青柳剣一郎である」

「青柳さま」

婆さんは目をしばたたかせ、あわてて奥に行った。

おしながやって来た。

「私に何か」

おしなは腰を下ろして怪訝（けげん）そうにきいた。

「『松浦屋』の番頭敬助のことでききたいことがある」

「…………」

おしなの表情が翳(かげ)った。

「敬助はときたまここに来ていたな」

「それは……」

「心配いたすな。そなたの旦那に知らせようとは思わぬ」

安心させるように言う。

「わかりました」

観念したように、おしなは居住まいを正した。

「敬助とはどのくらい続いていたのだ？」

「半年です」

「どういう縁だ？」

「お店で応対してくれて、買い求めた品物をここに届けてくれたのです。それから、お店に行くたびに番頭の敬助さんが相手をしてくれて……」

「敬助が首を括(くく)ったときいたとき、どう思った？」

「信じられませんでした」

「なぜだと思った？」

「わかりません」

おしなは苦しそうに顔を横に振った。

「ふたりの仲がそなたの旦那にばれたのではないか」

「いえ、そんなはずは……」

「そなたの旦那はどういう男だ？」

「池之端仲町の大店の主です。名前はご勘弁ください」

ふと、隣の部屋にひとの気配を察した。さっきの婆さんが聞き耳を立てているようだ。

「敬助の通夜か葬式には行ったのか」

「いえ、行けるはずありませんから」

「『松浦屋』の主人には気づかれていなかったのか。敬助はなんと言っていた？」

「敬助さんは信頼されているので疑われていないと言ってました」

「そうか」

剣一郎は首を傾げ、

「いったい、敬助はなぜ首を括ったのであろうか」

と、呟く。

「あの……」

おしなは遠慮がちに、

「敬助さんは死神にそそのかされて首を括ったのではないのですか。世間ではそう言っていますけど」

「違う。死神などおらぬ」

「えっ、では……」

おしなははっとした。

「よく考えろ。敬助とのこと、ほんとうにそなたの旦那に知られていなかったと思うのか」

「旦那が来ない日に敬助さんに来てもらっていました。気づかれてはいません」

「ほんとうか」

「はい」

「さっきの婆さんはそなたと敬助のことは知っていたのであろう？」

「えっ、まさか」

おしなは顔色を変えた。

二

　それから四半刻（約三十分）後、剣一郎は『松浦屋』の客間で、主人の惣兵衛と向かい合っていた。でっぷりとして、二重顎（あご）の大きな顔に不審の色を浮かべ、

「また敬助のことで？」

　と、きいた。

「そうだ。物乞（ものご）いの男に首を括る約束をしたということで大騒ぎになったが、そんなばかなことはないと思ってきた。だが、ようやく敬助の自死の理由がわかった」

「自死の理由ですか。でも、敬助は死の前日まで死を選ぶような様子はなかったと、奉公人もみな言っております」

「そうだ。だが、たった一日で、敬助を絶望に追い込む何かがあったのだ」

「何かと仰いますと？」

　惣兵衛は剣一郎を窺（うかが）うように見た。

「敬助は客の女と親しくしていたそうだな。おしなという大店の主の妾（めかけ）だ」

「…………」

物兵衛の顔が強張った。

「敬助が死ぬ前夜、そなたは敬助におしなのことを問いただしたのではないか」

「…………」

物兵衛は俯いている。

「そなたは敬助とおしなのことを誰かからきいたのではないか」

「それは……」

物兵衛は言い淀んだ。

「おしなの旦那ではないか。きいたというより、苦情を訴えに押しかけてきたのだ。違うか」

物兵衛は俯いたままだ。

「物兵衛。敬助が首を括った理由を隠したために、物乞いは死神と世間から恐れられた。世を混乱させた責任は重い」

剣一郎は一喝した。

「恐れ入りました」

物兵衛はやっと顔を上げた。

「おしなの旦那がたいへんな剣幕でやって来て、敬助のことで責められました。私には寝耳に水で、どうしてよいかわからず、敬助を問いつめて今後どうするかを決めると言い、引き上げてもらいました。そして、女の歓心を得るために何かしているのではないかと調べたところ、売上げ台帳に不審な箇所が見つかったのです。高価な着物が数枚売れたことになっているのに収支が合わないのです」

惣兵衛は息継ぎをし、

「それで、敬助を呼びつけ、問いただしました。最初はとぼけていましたが、とうとう白状しました。着物をただで贈ったことを認めました。おしなの旦那の怒りを鎮めるためには、お店を辞めてもらわなければならないと伝えました」

惣兵衛は大きく息を吐き、

「敬助は泣いて謝りましたが、おしなの旦那の手前、お店を辞めてもらうしかありませんでした。そうしないと、『松浦屋』の番頭に女を寝取られたと訴えると言われたからです。そんなことになれば、お店の信用はがた落ちです」

「敬助は何と?」

剣一郎はきいた。

「ただ、すみませんでした、と頭を下げるだけでした。そして、そのまま首を括って……」

惣兵衛は嗚咽(おえつ)を漏(も)らした。

「そんなわけで、自死の理由を口にすることは出来ませんでした」

「おかげで、世間は呪(のろ)いだ、死神の仕業(しわざ)だといたずらに騒いだ。あるときには、その物乞いの男を始末しなければならないと、町の者が何十人と集(つど)ったこともあったのだ」

「申し訳ございません」

「そなたには、世間を騒がせた責任がある。敬助は自ら死んだと公(おおやけ)にするのだ。決して死神の仕業ではないと」

「わかりました」

「ただ、今さらおしなのことや旦那のことを持ち出せば、迷惑をかけることになる。事実として、着物を横領していたこともある。それを、そなたが皆に言って回るのだ」

「そのとおりにいたします」

惣兵衛ははっきり約束をした。

玉堂の不可解(ふかかい)な疑いは晴れたことになる。しかし、玉堂はいったいどこに行ったのだろうか。

『松浦屋』を出た足で、剣一郎は稲荷町に向かい、知恩寺の山門をくぐった。

本堂の扉が開いていて、中にたくさんのひとの背中が見えた。読経の声が聞こえる。法事が行なわれているようだ。

しばらくして読経の声が止み、人々が出てきた。そのあとから袈裟を身につけた数人の僧が姿を現わした。その中に住職の顔があった。

これから皆で墓に向かうようだ。住職の手が空くまで間がありそうだ。剣一郎はまた出直そうとして、山門に行きかけた。

すると、「青柳さま」と声がした。

立ち止まって振り返ると、いつもの住職が近寄ってきた。

「青柳さま。私に何か」

「忙しそうだ。また、出直す」

「いえ、私の役目は終わりました」

「そうか。じつは、玉堂の疑いが晴れた。『松浦屋』の番頭の首縊りには理由があった」

剣一郎は敬助の自死の理由(わけ)を話し、

「これで三件とも、玉堂とは関わりないことがわかった」

「さようでございますか」

住職は頷(うなず)きながら言い、

「じつは忘れていたことを思いだしました」

と、口にした。

「なんでござろうか」

「以前お話しした、玉堂との出会いのときのことです。去年の暮れに物乞いの男を本堂の下で見つけたとき、男がなにか呟いたのです。私には良善(りょうぜん)と聞こえました」

「良善とはご住職の御名では？」

「さよう。その物乞いの男に見覚えもない。どうして、私の名を知っていたのか不思議でした。でも、どこぞで名を聞いていたのだろうと思い、そのままにしてきました。物乞いを納屋に住まわせ、玉堂と名づけました。ですが、今になって、なぜ玉堂がこの寺にやって来たのか考えました」

住職は息継ぎをし、

「玉堂は先代の良善を知っていたのではないか。先代を訪ねてこの寺に来たのではないか。そんな気がしてきたのです」

「先代は？」

「私の父になります。先代は七年前に亡くなりました。それから私がこの寺に住職としてやって来たのです」

「すると、少なくとも七年以上前ということに……」

「そうだと思います」

「檀家(だんか)であろうか」

「おそらくそうでしょう」

「ならば、身内がいるはずだが」

「家族は心を失った男を見捨てたのでは……」

住職は痛ましげに言う。

「そういえば」

剣一郎は玉堂が墓地の北側に向かったことを思いだした。富裕(ふゆう)な家の墓が集まっているところだ。

剣一郎はそのことを口にした。

「しかし、檀家には法事やお盆、彼岸の供養などでお目にかかりますが、行方知れずの男の噂は聞いたことはありません」

「そうか。ちょっと念のために墓地に行ってみよう」

剣一郎は住職と別れて、墓地に向かった。途中、さっき本堂から出てきたひとたちが墓の前に集まり、線香の煙が上がっていた。

剣一郎はそのまま北側の一画に向かった。

大きな墓が並んでいる。この中のひとつに、玉堂に関わりのある墓があるのか。

供え物を目当てにこの辺に立っていたのだと考えていたが、違うのかもしれない。玉堂に関わりのある墓があるから、この寺にやって来たのではないか。

剣一郎は大きな墓を見て行くが、玉堂と関わりがあるのかはわかるはずない。

だが、玉堂はこの墓のどこかの家の身内であるという思いは強くなった。ここにある墓の持ち主を聞いて回れば、玉堂の素性がわかるかもしれない。

住職に墓のことをききに行こうとしたとき、剣一郎の目に朽ちかけた卒塔婆が立っている墓が飛び込んだ。

剣一郎はその墓に向かった。

墓石には苔が生えている。彫られた文字も読みにくい。

ひとの気配がして、剣一郎は振り向いた。寺男が近づいてきた。

「このお墓は？」

剣一郎はきいた。

「十年以上前に、家が絶えたそうです」

「家が絶えた？」

「はい。詳しいことはわかりませんが、上野新黒門町にあった『結城屋』という商家です」

「上野新黒門町の『結城屋』か。住職にきけば、詳しいことはわかるか」

「こちらにいらっしゃる前のことですから、どこまでご存じかわかりませんが」

「新黒門町できけば、詳しい事情はわかるだろう」

もっとも玉堂と『結城屋』が関係あるかどうかわからない。

「だれも、お参りに来る者はいないのか」

「はい。でも、ときたまお花が手向けられていることがあります」

寺男は言う。

「花が？」

「はい。道ばたに生えているような野花でした。何度も枯れた花の始末をしましたから」

「そうか。わかった」

　剣一郎は墓地を出て庫裏に向かった。

　そして、住職に古びた墓地のことを訊ねた。過去帳を調べてもらったところ、あの墓に入っているのは一番新しいのが十三年前で、まつ享年三十四、その半年前に、はる享年十五と記されていた。

歳からすると、まつとはるは母娘であろう。父親のことはわからない。だが、想像は出来た。

　住職と別れ、剣一郎は上野新黒門町に向かった。


　剣一郎は上野新黒門町に行き、自身番に入った。

衝立の前に座っていた家主に、

「十三年ほど前、町内に『結城屋』という商家があったそうだが」

と、剣一郎は切りだした。

「はい、ございました。手頃で質のいい足袋を扱っていて……」

四十半ばと思える家主は眉根を寄せた。

「『結城屋』は絶えたそうだが、何があったのだ？」

「はい。はるというひとり娘が病死し、それから半年後に内儀が首を括って……」

「どうして？」

「娘の死に絶望しての自死だということでしたが、ほんとうのところはわかりません」

「亭主は？」

「立て続けの不幸に、心を病んだのか、いつの間にかいなくなりました」

「亭主の名は？」

「吉五郎さんです」

「吉五郎……」

「当時で四十ぐらいだったでしょうか」

玉堂は、その吉五郎なのではないか。剣一郎は直感した。

「吉五郎はずっと消息不明なのか」

「はい。どこぞでお亡くなりになっているのだと」

「吉五郎の身内は？」

「吉五郎さんの弟が『結城屋』を引き継ぎ、『福井屋』として足袋屋を続けています」

「弟がいたのか」

「はい」

「そうか。『福井屋』というのだな」

剣一郎は礼を言い、自身番を出た。


小商いの商家が並ぶ中では大きな土蔵造りの店が『福井屋』だった。足形をした屋根看板が目立った。

剣一郎は暖簾をくぐって土間に入る。

「いらっしゃいませ」

番頭らしい男が近づいてきた。

「南町与力の青柳剣一郎だ。主人に会いたい」

剣一郎が切りだした。

「青柳さま」

四角い顔の番頭は目を丸くし、

「少々お待ちを」

と、店の奥に向かった。

店畳には何人も客がいる。壁の棚にいろいろな種類の足袋が揃（そろ）っている。立ち働く奉公人を見ながら、『結城屋』時代の者がどのくらいいるのだろうかと思って眺（なが）めた。

番頭が戻ってきた。

「どうぞ、こちらに」

番頭は招いた。

剣一郎は番頭のあとに従い、客間に向かった。

三

客間で待っていると、四十半ばと思える中肉中背の男が障子（しょうじ）を開けて入ってきた。浅黒い顔で額（ひたい）が広く、濃い眉（まゆ）の下にある目の眼光はやけに鋭い。鼻や口元の辺りは玉堂に似ているようだが、どこか不遜（ふそん）な顔つきだ。

剣一郎の前に腰を下ろし、

「主人の幸兵衛(こうべえ)にございます」

と、挨拶をした。

「南町の青柳剣一郎である」

「お噂はかねがね聞いております。して、私どもに何か」

「知りたいのは『結城屋』のことだ」

「『結城屋』……」

幸兵衛は怪訝そうに、

「それはまたずいぶん古いことを」

「十三年ほど前になるのか、『結城屋』に何があったのか。そのあと、そなたは店を継いだそうだが、そのあたりの事情を話してもらいたい」

「…………」

幸兵衛からすぐに返事がなかったが、

「あまりに意外なことで」

と、戸惑ったように口を開いた。

「『結城屋』に何があったのか、私にもよくわからないのです」

「わからない？　その当時、そなたは何をしていたのだ？」

「神楽坂(かぐらざか)のほうで小間物(こまもの)商いをやっていました。その頃は兄とも行き来がなかったもので」

「実の兄弟ではないか」

「兄弟と言いましても、腹違いでして。吉五郎の父親が料理屋勤めの母に産ませた子が私です。神楽坂の家にときたま父がやって来るだけで、『結城屋』の者たちとの付き合いはまったくありませんでした」

　幸兵衛は続ける。

「父が亡くなったとき、弔(とむら)いに行き、はじめて兄である吉五郎と会いましたが、冷たい態度でした。多感な時期でしたからね。ただ、父の弟という叔父が私たち母子にとても気を使ってくださいました。だから、十三年前、吉五郎が行方不明になり、『結城屋』存亡(そんぼう)の危機に際し、叔父が私に跡を継がせたのです」

「なるほど。その叔父は？」

「残念ながら、数年前に亡くなりました。かなりの歳でしたから」

「店を継いだとき、『結城屋』にいた奉公人は？」

「みな、辞めていきました」

「辞めていった？」

「はい。やはり、奉公人は新しい主人には馴染まないようで」

幸兵衛は口元を歪めた。

「ところで、最近、家々の門口に立ち、首を括るように迫るという物乞いの噂を聞いたことはあるか」

「そういえば、そんな騒ぎがあったようですね。人伝に聞きました」

「その物乞いが稲荷町の知恩寺に現われたのだ。知恩寺といえば、『結城屋』の菩提寺だ。亡くなった内儀と娘もそこに眠っている」

「……………」

「ひょっとしてその物乞いが吉五郎ではないかと思えるのだ」

「まさか」

「もちろん、そうだと決まったわけではない。それをはっきりさせたいのだ。もっとも、当人は今、行方知れずだが」

剣一郎は厳しい口調で続ける。

「それに、どう見ても気がまともではない。よほど心身を打ちのめされるような何かがあったに違いない。そこで十三年前、『結城屋』に何があったのかききたかったのだが……」

「何があったのだと想像されますか」

　幸兵衛は窺うようにきいた。

「吉五郎は首を括れと口にしている。そのことに関わる何か強い衝撃を受けたのだ。それを探ることで、もしかしたら吉五郎の心の病が改善するかもしれぬ」

「古い話です。何かわかるでしょうか」

「十三年前なら、当時の者もまだ達者でいるであろう」

「そうですね」

「また、何かきくことがあるかもしれない」

　そう言い、剣一郎は腰を上げた。


　剣一郎は奉行所に戻って、年寄同心詰所に京之進と臨時廻りの原田郁三郎を呼んだ。十三年前、その郁三郎が定町廻り同心として『結城屋』の内儀まつの自死の件を調べたのだ。

　遅れて、宇野清左衛門がやって来た。

「遅くなった」

清左衛門が腰を下ろすのを待って、剣一郎は口を開いた。

「それではほじめさせていただきます。一時、世間を騒がせた首縊りも首を括った側に死を選ぶ事情があったことがわかり、玉堂の死神説は否定された。そこで、玉堂の素性を探るうちに、知恩寺にある墓から『結城屋』が浮かび上がった」

「『結城屋』？」

郁三郎がはっとしたような顔をした。

「そうだ、玉堂は『結城屋』の主人だった吉五郎ではないかと思われる」

「行方知れずになっていた吉五郎ですか」

郁三郎は身を乗り出してきく。

「その通りだ吉五郎に間違いない」

「『結城屋』とはなんでしょうか」

事情のわからない京之進は焦ったようにきいた。

「『結城屋』は上野新黒門町にあった足袋屋だ。十三年前、娘と内儀が相次いで亡くなり、その後、主人の吉五郎は姿を晦ました。この掛かりが、当時定町廻りだった郁三郎だ」

「はい。私が内儀の首縊りを調べました。自死であることは間違いありませんでした」

「『結城屋』に何があったのだ？」

　剣一郎はきいた。

　郁三郎は記憶を辿るように首をやや傾げたが、

「まず娘の死ですが、病の末に亡くなったようです。その後の母親の自死は、娘を失った悲しみと絶望感からだろうと。しかし、これはしかとした証があったわけではありません」

「書置きはなかったのか」

「ありませんでした」

「それからしばらくして、吉五郎が姿を晦ました。そのことについては？」

「わかりませんでした。申し訳ございません」

　郁三郎は謝った。

「いや、これが殺しの疑いがあるならともかく、そうではないのだ。無理もない」

　剣一郎は声をかける。

「青柳どの」

　清左衛門が口を開いた。

「『結城屋』で続いた不幸で、主人の吉五郎が悲しみのどん底に突き落とされたであろうことは間違いないと思うが、何か疑問が？」

「吉五郎は首を括ることが強く心に刻み込まれているようです。妻女の死が心を傷つけたのでしょう。しかし、娘の死にも深い悲しみがあったはずです。いや、娘のほうが衝撃が大きかったかもしれません。それなのに、正気を失した吉五郎の脳裏には首縊りのほうが……」

「何かあると？」

「はい。母娘の死は確かに絶望をもたらしたでしょう。しかし、なぜ、お店のことに思いがいたらなかったのか。奉公人のことも考えないほど、絶望してしまったのか」

　剣一郎は疑問を口にし、

「吉五郎はそれだけ繊細(せんさい)で弱い心の持ち主だったということかもしれませんが」

　と、付け加えた。

「なるほど。そう言われてみれば気になってくるな」

清左衛門は応じた。

「吉五郎の妻女はどこの出なのだ？」

剣一郎はきいた。

「神田佐久間町の履物問屋『加嶋屋』の娘だったと思います」

郁三郎が応える。

「『加嶋屋』か」

「はい。あの当時で『加嶋屋』はまつの兄の代になっておりました。今は、その子が店を継いでいるかもしれません」

「十三年も経っているからな」

剣一郎は言ってから、

「『結城屋』は吉五郎の腹違いの弟幸兵衛が継ぎ、『福井屋』と屋号を変えているな」

「はい」

「このこともなんとなく引っ掛かるのだ」

「と、仰いますと？」

「考えすぎかもしれぬが……」

剣一郎はそれ以上は口にしなかったが、京之進や郁三郎には伝わったようだ。

「吉五郎は自ら失踪したのではないと?」

京之進がきいた。

「京之進、『福井屋』の幸兵衛について調べてみてくれぬか」

「私にやらせてください」

郁三郎が身を乗り出して言う。

「何か自分がやり残したような心持ちがして気持ちが収まりません」

「そなたには『結城屋』時代の奉公人を探してもらいたい」

「昔の奉公人ですか」

「知恩寺の『結城屋』の墓に、ときおりお参りに来る者がいるそうだ。もしかしたら、当時の奉公人ではないか」

剣一郎はそう言い、

「そうだとしたら、奉公人は玉堂を見かけたかもしれない。それで、玉堂を自分の家に連れて行ったのではないか」

「わかりました。さっそく探してみます」

「頼んだ」

京之進と郁三郎が先に部屋を出て行ったあと、清左衛門が口を開いた。

「『松浦屋』の番頭の自死の真相は、わしから長谷川どのに話しておいた」

「ありがとうございます」

剣一郎は頭を下げた。

「田所文兵衛のこともかたじけない。礼を言う」

「まだ、やっかいな申し入れがあるやもしれませんので、もう少し注意をしておきます」

「よろしく頼む」

「はい」

剣一郎と清左衛門は同時に腰を上げた。


夕暮れてきた。剣一郎は神田佐久間町の履物問屋『加嶋屋』を訪れ、大旦那の朝右衛門と客間で差し向かいになった。

すでに、息子がほとんど店を取り仕切っているようだ。

「じつは、十三年前に亡くなったまつどののことで参った」

剣一郎は切りだした。

「妹のことで」

　朝右衛門は意外そうな顔をした。

「首を括って亡くなったそうだが、自ら命を絶った理由(わけ)はわからないか」

「娘のはるが亡くなったことが大きかったのでしょう」

「はるどのはなんの病気で？」

「生まれつき、心ノ臓が悪かったようです。妹は娘が長生き出来ないと観念していたようですが、いざ先立たれるとほんとうに落胆してしまって……」

「観念していたのか」

「はい。覚悟はしていたようです」

「『結城屋』の吉五郎とはどういう縁で？」

「親父の知り合いが持ち込んできた縁談だったと思います」

「なるほど」

「そのころ、妹はお屋敷奉公をしていたのですが、奉公を終えると、帰ってすぐ祝言(しゅうげん)を挙げました」

「どこのお屋敷に奉公を」

「確か旗本の……。そう川村大蔵さまのお屋敷でした」

「なに、川村大蔵……」

剣一郎は思わず大声を出した。

「それは間違いないのか」

「ええ。間違いありません」

「どのくらい奉公をしていたのだ?」

「二年ぐらいだと思います」

「奉公を辞めて、すぐに『結城屋』の吉五郎に嫁いだのだな」

「そうです」

剣一郎は唸った。まさか、ここで川村大蔵の名を聞こうとは想像もしていなかった。

「吉五郎は行方知れずになったままだが、吉五郎に何があったかはわからないか」

「妹も死んで、生きる気力をなくしたのかもしれません。でも、養子をもらって、その子を跡継ぎにすると言ってました」

「養子を?」

「はい」

「誰を養子にするかきいたか」

「奉公人に見どころのある男がいると」

「名は？」

「さあ、聞いたかどうか、名はわかりません」

「実際に跡を継いだのは吉五郎の腹違いの弟で幸兵衛という男だ」

「そうですね。そのあたりの事情はわかりません」

「そうか。わかった」

剣一郎は礼を言って立ち上がった。


その夜、剣一郎が夕餉をとり終えたとき、来客があった。

玄関に出て行くと、若い侍が立っていた。

「そなたは？」

「真庭兵太郎さまの使いで参りました。表向きには、金を盗んだ中間がそれをとがめられて、大次郎さまに飛びかかり、無礼討ちに遭ったと説明しています。ですが、中間は、川村大蔵さまにいきなり斬りつけたそうです。そのために手討ちに。なぜ、中間が川村大蔵さまを襲ったかはわからないとのことです」

「わかった。兵太郎さまによしなに」

「はっ、失礼します」

若い侍は引き上げた。

中間は何か遺恨があったのか。いずれにしろ、中間のほうから斬りつけたのであれば、手討ちに遭っても仕方ないことだ。

部屋に戻り、剣一郎は濡縁に出て、暗い庭を眺めた。

梅も芽吹き、今にも花が咲きそうだった。その花のように、剣一郎の頭の中でも真実の蕾が開きつつあった。

剣一郎にとって意外だったのは、吉五郎の妻女のまつが川村大蔵の屋敷に奉公に上がっていたということだ。そのことが一連の出来事に何か関係しているかどうかわからないが、捨てておけない事実のように思えた。

それと、もうひとつ気になることは、吉五郎が奉公人を養子にしようとしていたことだ。だとしたら、どうしてその手当てをしないまま、吉五郎は失踪したのか。だから、幸兵衛が跡を継いだのだ。

そこに何かあったのか……。

ふと暗がりに影が現われ、近づいてきた。太助だった。

「青柳さま。清次さんからの報告です。玉堂がいなくなったと思われる夜、入谷田圃を三ノ輪のほうに向かう年配の男女と物乞いらしい男を見ていた者がいるそうです」

「年配の男女か」

剣一郎は想像が間違っていないと思った。

「おそらく、『結城屋』の奉公人だった者であろう。墓参りに行ったときに吉五郎に気づき、連れ去ったのだ」

「それと、ちょっと気になることを清次さんが言ってました」

太助は息継ぎをし、

「三人の遊び人ふうの男を何度も見かけたそうです」

「何度も」

「はい。三人ともがっしりした体つきで、目つきのよくない輩(やから)だったそうです」

「そうか」

剣一郎は気になった。

「明日、その三人を見つけて、素性を探ります」

「うむ。それより、夕餉はまだではないのか」

「いえ、清次さんと一膳飯屋に寄ってきました」

「あの男も商売を放っておいてだいじょうぶか」

「へんな噂を広めてしまったことに責任を感じているんです。なんとしてでも吉五郎さんを見つけるんだとしゃかりきになっています」

「そうか」

背後から足音が聞こえてきた。太助が剣一郎の背後に向かって会釈をした。多恵がやって来たのだ。

「太助さん。久しぶりね」

多恵がうれしそうに声をかける。

「へえ」

「今、太助にはいろいろ動き回ってもらっているからな」

剣一郎は多恵に言う。

「夕餉は？」

「食べてきました」

「そう。それより、上がりなさいな」

「でも」

「太助、上がれ。わしもわかったことがいくつかあるのだ」

「わかりました」

太助は濡縁から上がった。

剣一郎は今までにわかったことを太助に話しながら、自分でも整理をしていった。そして、その中であることが気になった。

死神と思い込んだ町の衆が玉堂を叩きのめそうと知恩寺に押しかけたことだ。町の衆はなぜそこまで過激になったのか。

剣一郎はそのことが今になって気になった。太助が怪訝そうな表情で、剣一郎の顔を見ていた。

四

翌日、太助が鳶の辰次の素性を調べて、町火消し『わ』組の家に赴いた。

壁には鳶口が並び、隅には纏が置いてある。

若い衆に、辰次のことを伝えると、すぐに呼びに行った。

やがて、辰次がやって来た。

「これは青柳さま。先日はどうも」

「その件だが」

　と、剣一郎は切りだす。

「玉堂を痛めつけるべきだと先に言い出したのは誰かわかるか」

「熱心だったのは、どこぞの商家の旦那です。なんでも、その旦那の店の周辺にも出没している。このままじゃ、みな枕を高くして眠れない。なんとかすべきじゃないかと」

「その商家の旦那とは誰だ？」

「ご勘弁ください。何かあったとき、その旦那が首謀者とされたらいけませんので」

「新黒門町の『福井屋』の主人ではないのか」

　辰次は口をあんぐりさせた。

「どうしてそれを……」

「いや、わかった」

　何かききたそうな辰次と別れ、剣一郎は、太助とともに外に出た。

「太助。これから三ノ輪だ」

「はい」

ふたりは下谷坂本町(さかもとちょう)を通って三ノ輪にやって来た。

年配の男女と吉五郎の三人で夜道を遠くに行ったとは思えない。この三ノ輪周辺の百姓家にいるのではないかと睨(にら)んだ。

田圃のほうに行くと、清次が走ってくるのがわかった。

「青柳さま」

清次は息せき切ってやって来た。

「どうした、あわてて」

「遊び人風の三人が向こうの百姓家に向かいました。その家に、少し前から五十ぐらいの男が寄宿しているそうです」

「案内しろ」

剣一郎ははっとして、清次を急(せ)かした。

三ノ輪の裏手にある寺の脇を抜けて田地に出る。日暮里(にっぽり)方面に向かう途中にある百姓家に三人の男が向かう姿が見えた。

剣一郎は駆けた。

百姓家に近づいたとき、悲鳴が聞こえた。剣一郎が母屋に駆け込むと、板の間に上がった三人の男が匕首を構えて家人を脅していた。

「南町の者だ。おまえたち、何をしている」

剣一郎が怒鳴ると、三人ははっとして振り返った。

いきなりひとりが突進してきた。剣一郎は体を躱しながら相手の手首をつかんで投げ飛ばす。男は土間に背中から落ちた。

家人を人質にとられまいと、剣一郎は板の間に駆け上がり、家人を背にのこりのふたりの前に立ち塞がった。

「おまえたち、狙いはなんだ」

土間で立ち上がった男が外に出ると、ふたりもいきなり板の間を飛び降り、外に向かった。

剣一郎もあとを追って、外に出た。三人が立ちすくんでいた。原田郁三郎が十手を構えて立ち塞がっていた。

「青柳さま。『結城屋』に奉公していたという女の家に来たら、この騒ぎです」

「そうか。よいところに来てくれた」

剣一郎は三人に迫り、

「おまえたち、誰に頼まれた?」

と、問いつめる。

「…………」

「『福井屋』の幸兵衛か」

「ちくしょう」

目を剝いて、ひとりが匕首を腰に構えて体当たりしてきた。相手が間近に迫った瞬間、剣一郎は横に跳びながら相手の内股に蹴りを入れた。

男はその場にくずおれた。もうひとりが逃げだそうとしたのに、剣一郎は足元にあった石をつかんで投げつけた。

石は相手の足を直撃し、その場で横転した。もうひとりは、郁三郎の十手で肩を叩かれ跪いていた。

郁三郎は百姓家から縄を借りてきて三人を縛り上げた。

「助かった」

剣一郎は郁三郎に声をかけた。

「はっ。この家が『結城屋』の女中だったお光の嫁ぎ先です」

「そうか」

三人を郁三郎に任せ、剣一郎は戸口で様子を窺っていた女に声をかけた。

「ここに吉五郎はいるのか」

「はい。おります」

「案内してくれ」

　女は母屋の裏の離れに向かった。

「そなたが『結城屋』の女中だったお光か」

「はい、光です。旦那さまや内儀さんにとてもよくしていただきました」

　離れにつき、濡縁に向かった。

「旦那さま」

　お光は庭先から声をかけた。

　障子が開いて、すっかり姿を変えた男が出てきた。物乞いの姿とはまったくの別人だが、その顔だちは玉堂こと吉五郎に間違いなかった。

「旦那さま」

　お光がもう一度声をかける。

　しかし、吉五郎は童（こども）のような無邪気な顔で濡縁に腰を下ろした。

「旦那さま。青柳さまですよ」

　お光が言うと、吉五郎はにこやかな顔をした。

「お医者さまは気長に治すしかないと。でも、今のままのほうがいいのかもしれません。辛いことを思いださずにすみますから」

「何があったのだ？」

「お店を幸兵衛という男に乗っ取られたのです」

「腹違いの弟だな」

「はい」

「内儀が首を括ったあと、吉五郎は奉公人の男を養子にし、『結城屋』を継がそうとしたそうだが」

「はい。それを知ったあの男が企んだのです」

「何をしたのだ？」

「旗本の川村大蔵さまに取り入り、旦那さまの親戚の者に、『結城屋』を奉公人に継がせるのはもってのほか、身内がいるなら身内に継がせろと言わせたのです。でも、旦那さまは拒絶しました。そしたら、突然、行方知れずに」

「そなたは、今の主の幸兵衛が何かをしたと思ったのだな」

「はい。でも、証はありませんでした」

「内儀はなぜ、首を括ったのだ。その理由がわかるか」

「わかりません。周りはお嬢さまがお亡くなりになった悲しみからと思っていたようですが、違います。お嬢さまが先に逝かれることは内儀さんは覚悟をしていましたから」

「そうか。何か他に心当たりはあるか」

「いえ。でも」

「でも、なんだ？」

「亡くなる前の日、内儀さんは川村大蔵さまのお屋敷に行きました」

「なに、川村さまの？　なぜだ？」

「わかりません。私はお供をしましたが、理由は仰いませんでした。ただ、内儀さんは昔、川村さまのお屋敷に奉公をしていたのだと」

「そうらしいな。だが、なぜ、その後も付き合いがあったのか」

「さあ」

　お光は暗い顔をした。

「川村さまの屋敷で何かあったのか」

　剣一郎はある予感がしてきいた。

「……帰ってきた内儀さんの鬢が少しほつれていました」

「何かあったと思ったのだな」

「はい。翌日お亡くなりになったので、私ははっきり悟りました。内儀さんは川村さまに手込めに……」

「では、そのことは他に誰も知らないのだな？」

「でも、証がありませんし、そのことを誰にも言うわけにはいきませんでした」

お光はため息をつき、

「ひとりだけ」

お光が口にする。

「誰だ？」

「旦那さまが養子にしようとした手代です。旦那さまがいなくなり、お店に幸兵衛が乗り込んできて私たちは辞めさせられました。そのとき、手代には言いました」

「そうか。その手代は今、どうしている？」

「わかりません。消息も」

お光は俯いた。

「ちなみにその手代の名は？」

「はい、重助さんです」

「なに、重助だと」

「何か、ご存じなのですか」

お光はきいた。

「うむ。半年ほど前に、川村さまの屋敷で、手討ちに遭った中間がいた。その中間の名が重助だそうだ」

「まさか……」

「同じ重助かどうかはわからぬ。だが、その中間はいきなり川村大蔵さまに斬りつけたそうだ。もし、手代の重助だったら、十三年前の恨みを晴らそうとしたのか」

「そうですか」

お光はしんみりした顔になった。

「ところで、そなたは吉五郎のことをいつ知ったのだ?」

「去年の暮れ、お墓参りに行ったとき、偶然物乞いの男を見かけました。旦那さまとはすぐには気づきませんでした。十三年ぶりで、すっかり容貌は変わっていましたが、なんとなく面影(おもかげ)を見た気がしたのです。そのときは、そのまま引き上げましたが、その後、死神だという噂が立って、改めてもう一度会いに行ったんです。そのときは、はっきり旦那さまだとわかりました。そして、正気を失っているのだと思いました。とても哀れになり、うちのひとに頼んで、面倒を見ることに」

「命を狙われていることを知って連れてきたのか」

「いえ、そんなことは知りません。ただ、ちゃんとした暮らしをしてもらいたいと思って、知恩寺の納屋から連れ出したのです」

「よく素直についてきたな」

「私のことを覚えていてくれたのかもしれません」

「そうか。ちょっと妙なことをきくが、吉五郎は『亀屋』の団子が好きだったのか」

「いえ」

「好きではなかった？」

剣一郎は案外(あんがい)な気がした。

「旦那さまはあまり召し上がりませんでしたけど、内儀さんやお嬢さまが好きなので、よく買ってこられていました。そんなとき、私もお相伴(しょうばん)に」

お光はしんみり言う。

「そうか。わかった」

「あの『亀屋』の団子が何か」

「一度、『亀屋』の前に立っていたそうだ。そなたのことを覚えていたり、知恩寺にやって来たりしているところを考えると、微かにでも昔のことを思いだしつつあるのではないか」

「はい。お医者さまは辛い思い出を忘れようとして心が封じ込められているだけで、このまま穏やかな暮らしを続けることで徐々に自分を取り戻せるかもしれないと仰っていました」

「そうか。さっきの連中は正直に話すだろう。そしたら、幸兵衛はお縄になる。お店を取り戻すことが出来るかもしれぬ」

「でも、もう旦那さまには商売は無理です。このまま、うちでのんびり余生を送っていただこうと思っています」

「そうか。それにしても、女中として奉公していただけなのに、そこまでしてやるとは」

剣一郎は感心して言う。

「それだけ、旦那さまや内儀さんによくしていただきました。そのお礼です」

「うむ」

剣一郎は濡縁に座っている吉五郎を見た。穏やかな、なんの邪心もない童のような表情をしていた。


その日の夕方、剣一郎が大番屋に行くと、ちょうど『福井屋』の幸兵衛も連れてこられたところだった。

郁三郎が幸兵衛の取り調べをはじめた。

「そなたがあの三人に、吉五郎を殺すように命じたのだな」

「そんなことしていません」

幸兵衛は否定する。

「あの三人は白状した」

「でたらめを言っているんです」

「なぜ、でたらめを言わねばならぬのだ?」

「わかりません」

幸兵衛は首を振り、

「第一、私には今さら兄を殺さなくてはならない理由がありません」

「物乞いの男が吉五郎であることは知っていたな」

「知りません」

「鳶の辰次をそそのかし、吉五郎を殺させようともした」

「それは違います。『福井屋』の店先にも物乞いの男が現われ、死神かもしれないので、辰次になんとかならないかと言っただけです。あの物乞いが兄の吉五郎だとは知りませんでした」

　幸兵衛は巧みに言い逃れている。

「代わろう」

　剣一郎が郁三郎に声をかけた。

「はっ」

　郁三郎が下がり、剣一郎は幸兵衛の前に立った。

「そなたは、十三年前に『結城屋』の吉五郎が行方不明になったあとに店を継いだのだな」

「そうです」

「吉五郎は手代の重助という男を養子にするつもりでいたようだ。それを阻んで、そなたが店を継いだ。何があったのだ？」

「親戚筋から身内がいるのに他人に店を渡すのはおかしいと言われたからです」

「親戚の者をそそのかして、そのようなことを言わせたお方がいるのではないか」

「さあ、詳しいことはわかりません」

「妙だな。そなたが、そのお方に頼んだのではないか」

「なんのことを仰っているのか」

幸兵衛は口元を歪めた。

「そなた、小間物の行商をしていたな。旗本の川村大蔵さまのお屋敷の勝手口にも出入りをしていたのでは」

「…………」

「どうだ？」

「ええ、出入りをしていました」

「その川村さまが親戚筋の者に、そう言ったのではないか。つまり、『結城屋』はそなたが継ぐべきだと」

「待ってください。私は川村さまのお屋敷に出入りをしていましたが、あくまでもお女中衆に小間物を売っていただけ。それより、『結城屋』は川村さまと関係ありません」

「吉五郎の妻女まつは嫁ぐ前、川村さまのお屋敷に奉公に上がっていた」

「………」

「そなたは、川村さまに『結城屋』の親戚筋を説き伏せるように頼んだのだ。親戚筋も、『結城屋』をそなたに継がせれば、川村さまのお屋敷に出入り出来ると踏んだのだろう。もちろん、そなたは川村さまに謝礼をした。いくらだ？　五十両か百両か」

「でたらめでございます」

「幸兵衛。そなたは『結城屋』を乗っ取るために吉五郎を殺そうとしたのだ。だが、殺し損ねた。ひょっとして、首吊りに見せかけて殺そうとしたのではないか」

「………」

幸兵衛の顔色が変わった。

その刹那（せつな）、剣一郎は確信した。

「どこぞの木にぶら下げて、そなたや手を貸した者が引き上げた。だが、木の枝が折れたかして地べたに落ち、吉五郎は息を吹き返した。しかし、その時に受けた傷のせいで、自分が何者かもわからなくなった。それから十三年間、吉五郎は浮浪の暮らしをしてきた。だが、去年の暮れに吉五郎は下谷、浅草に戻ってきた。『福井屋』の店先に現われた物乞いを見て、そなたは肝を潰したことであろう」

「私には身に覚えのないこと。そんな昔のことをどうやって私の仕業だと言えるのでしょうか」

「確かに、十三年も前のことだ。しかし、吉五郎が手代の重助を養子にしようとしていたことは、妻女のまつの兄も女中も知っている。それなのに、吉五郎がいなくなったあとに、突然、そなたが出てきた。そこにそなたの意図を汲み取ることが出来る。そして、二度にわたって吉五郎に危害を加えることを画策した。三人の訴えの信憑性は高いと言えるだろう」

「…………」

「もちろん、川村さまに話をきく。なんとお答えになられるか。おそらく、知らないと答えられるだろう。しかし、川村さまにはある疑惑がある」

「疑惑？」

幸兵衛は不安そうな顔をした。

「そうだ。『結城屋』の内儀まつは死ぬ前日、川村さまのお屋敷に呼ばれて行ったそうだ。そこで何かあったと女中が言っている」

「それが、どうして私に関係があるのですか」

「その疑惑を追及されたくない川村さまは、こちらの問いに素直に答えることだろう。もちろん、今さらそのことでは罪に問えないが、この疑惑は川村さまの出世に響くかもしれぬ。あえてそなたをかばおうとはしまい」

「…………」

幸兵衛はがくっと肩を落とした。

「あとは頼んだ」

郁三郎にあとを任せ、剣一郎は大番屋を出た。

奉行所に戻った剣一郎は、宇野清左衛門に会った。

一切を説明したあと、

「川村さまにお目にかかりたいのです。奉行所として正式に申し入れをしていただけませぬか」

「わかった。すぐにお奉行の承諾を得て、申し入れをしよう」

そう言ったあとで、

「じつは昨日、家内の妹がやって来た」

「田所どののご妻女ですね」

「そうだ。御徒頭の戸坂さまから、菊と前島滝三郎との縁談は許さぬときつく言われたそうだ。川村さまが戸坂さまに言わせたのであろう」

「やはり、その手で来ましたか」

剣一郎は顔をしかめたが、

「早く、川村さまにお目にかかりとうございます」

と、笑みを浮かべた。

五

二日後、訪問の約束を得て、剣一郎は着流しに巻羽織(まきばおり)という与力の姿で、草履(ぞうり)取りを連れて小川町の川村大蔵の屋敷に着いた。

門を入り、玄関で声をかけると、用人らしい武士が出てきた。

「南町与力の青柳剣一郎でございます」

「どうぞ」

用人は上がるように言う。

式台に上がり、若い侍に刀を預け、剣一郎は用人のあとについて客間に入った。

「しばらくお待ちください」

用人は探るような目を向けて、部屋を出て行った。

剣一郎は部屋の真ん中で背筋を伸ばして待ったが、思ったより早く、肥った武士がやって来た。

大儀そうに腰を下ろすなり、

「川村大蔵だ」

と、口にした。

「南町与力、青柳剣一郎と申します」

「奉行所の者が何用だ？」

大きな目で、睨みつける。

「では、さっそく。殿さまは、上野新黒門町にある『福井屋』という足袋屋をご存じではありませぬか」

「はて……」

「主人は幸兵衛と申します」

「知らぬ」

「では、『結城屋』はいかがでございましょうか」

「どこにでもあるような名の商家だな」

「では、『結城屋』の内儀まつをご存じでは？」

「知らぬ」

「まつは『結城屋』の吉五郎に嫁ぐ前はこちらのお屋敷に奉公していたそうです」

「女中のことはわからん」

「まつは十三年前、殿さまに呼ばれ、このお屋敷にやって来たはずですが」

「何のことだ？」

「その翌日、まつは首を括って死にました」

「…………」

「殿さま。なぜ、まつをお呼びになられたのでしょうか」

「知らぬと言ったはずだ」

「さようですか。じつは、まつが死んだあと、主人の吉五郎が行方不明になりました。そのあと、『結城屋』は吉五郎の腹違いの弟の幸兵衛が継ぎました。この件について、殿さまのお声がけがあったと聞いております」

「何かの間違いであろう」

「じつは最近になって、行方不明だった吉五郎が姿を現わしたのです。すると、幸兵衛がひとを使って吉五郎を殺そうとしました。今、幸兵衛は捕縛されて、小伝馬町の牢屋敷におります」

「わしに関わりない話だな」

「いえ、幸兵衛は殿さまに口利きを頼んだと申しています」

「その者がいい加減なことを言っているのだ」

「半年前、重助という中間が殿さまに斬りつけたために、大次郎さまが手討ちにされたそうですね」

「無礼討ちだ」

「なぜ、殿さまに斬りつけたのでしょうか」

「乱心（らんしん）したのであろう」

「重助は『結城屋』の手代だった男です。さらに言えば、吉五郎の養子になり、いずれは『結城屋』を継ぐはずでした。それが覆ったのは殿さまが『結城屋』の親戚筋に口を利いたのが理由です」

「そなたは何が言いたいのだ?」

川村大蔵が目を剝いた。

「重助は殿さまの口出しによって養子になることが叶わず、その上、お店も辞めさせられた。その後、重助は渡り中間になって、このお屋敷に奉公することになった。狙ったものか、たまたまか、重助にとって因縁のお屋敷に入り込むことが出来た」

剣一郎は間を置いて、

「重助にはもうひとつ、殿さまへの恨みがありました」

「なに?」

「まつのことです。このお屋敷でまつの身に何があったか、重助は女中から聞いておりました。まつを死に追いやり、自分から『結城屋』を奪った殿さまに重助は怒りを蘇らせて襲いかかったのではありませんか」

「そなたの妄想に過ぎぬ」

「確かに、個々について証(あかし)はなく、事実だとして言い切ることは出来ません。しかし、いくつもの事柄が重なってひとつの流れになったとき、疑惑は深まりましょう」

「何が言いたいのだ？」

「真実が知りたいのです」

「昔のことだ」

「いえ、その昔のことで、幸兵衛は腹違いの兄である吉五郎を殺そうとしたのです。殿さまは私の申したことをことごとく否定なさいました」

「でたらめだからだ」

「これから、幸兵衛の詮議(せんぎ)がはじまります。吟味方(ぎんみかた)与力の取り調べですが、その場に御徒目付(めつけ)も加わることになっています。その取り調べの席で、十三年前の『結城屋』乗っ取りの件も問題になりましょう。当然、殿さまの名も出てきてしまいます」

「…………」

「殿さまの名が出れば、当然、殿さまに事実を確かめることになり、御徒目付は殿さまと幸兵衛との癒着(ゆちゃく)に注意を向けて……」

「迷惑だ」

大蔵は露骨に顔を歪め、

「南町の奉行に抗議をしておく」

と、脅した。

「お目付どのにもでございますか」

「なに？」

「殿さま、十三年前のことを罪に問えるとは思っておりません。しかし、このことがお目付どのの耳に入れば、今後も監視の対象になるやもしれません。そうなれば、殿さまの今後にも悪い影響が出てしまいかねません」

「………」

「私は事実を知りたいだけなのです。それさえわかれば、幸兵衛の件も殿さまのことを持ち出さずに詮議に入ることができます」

「そなたが申したとおりだと言えば満足するのか」

「それが事実であれば」

「そうだ」

「お認めになるのですか。まつを自死に追い込んだことも」

まつを手込めにしたのかと、剣一郎はきいた。

「……………」

大蔵は否定しなかった。

「私がわからないのは、なぜまつをお屋敷にお呼びになったのかです。まつが嫁ぐ前に奉公していたというだけで、川村家と『結城屋』とは何ら関わりはないはず……」

そこまで言って、剣一郎はあっと気づいた。

「もしや、はるという『結城屋』の娘は？」

剣一郎がきくと、大蔵の表情が動いた。

「……わしの子だった」

間があって、大蔵は答えた。

「側妻（そばめ）にしたかったが、まつは『結城屋』に嫁いだ。そして、子を産んだ。数年後に、たまたま外でまつと娘を見かけたことがあった。娘を見て、わしの子だととっさに思った。わしに似ていた。それで、後日、まつに会い、確かめた。まつも認めた。体が弱いまま生まれたようだ。亡くなって半年後に、そのことを知らせにわしのところにやって来た」

「そのとき、手荒な真似を……」

「娘を死なせたことを責めているうちに……」

大蔵はまつを凌辱したことを認めた。

「子どものことを、吉五郎は知っていたのでしょうか」

「知っていたようだ。まつがそう言っていた」

「幸兵衛との縁はどうして生まれたのでしょうか」

「幸兵衛は小間物屋として屋敷に出入りをしていた。まつの自死を知らせに来たのは幸兵衛だった。そのとき、吉五郎の腹違いの弟だと知った。『結城屋』を継げたら百両を出すというので、幸兵衛の言うとおりにした。『結城屋』の親戚の者も、まつがわしの屋敷に奉公していたことを知っていたから素直に聞き入れた」

「これですべてわかりました」

剣一郎は得心したあとで、

「幸兵衛の裁きには殿さまの名は一切出さずにおきます。ただし、もうひとつお願いが」

と、口にした。

「なんだ？」

「田所文兵衛どのの息女菊どのの縁談について……」

剣一郎は菊と前島滝三郎との縁談を認めるように頼んだ。

「もともとふたりは恋仲だったのです。それを大次郎さまが横合いから割って入ったのでございます。それなのに、腹いせのような真似をなさるのは、大次郎さまにとっても、この先決して益にはならないと存じます。潔く退くことを覚えてこそ、大次郎さまのためかと……」

「大次郎に……」

大蔵は言いさした。

「なんでございましょうか」

「そなたのような男が大次郎の傍にいてくれたらと思っただけだ。わかった。そなたの言うことはもっともだ」

「ありがとうございます」

「青痣与力、やはり噂に聞くだけのことはある。ごくろうであった」

大蔵は厳しい顔で言って立ち上がった。

剣一郎は頭を下げた。

敷居の前で、大蔵が振り返った。

「一度、大次郎に会ってやってくれ」

そう言い、大蔵は部屋を出て行った。


数日後の夕方、剣一郎が奉行所から帰ると、客間に田所文兵衛が待っていた。

剣一郎は着替えてからすぐに客間に行った。

「青柳どの。このとおりでござる」

文兵衛は下げた頭を上げ、

「きょう戸坂さまから、菊と前島滝三郎との縁談を認めるというお言葉を頂戴いたしました。もうこの件でなんの懸念もいらないと」

「そうですか。それはよかった」

剣一郎は微笑み返した。

「いったい、川村さまに何があったのでしょうか」

「川村さまもひとの子の親だということではないでしょうか」

剣一郎は多くを語らなかった。

これから宇野清左衛門のところに行くと言って、文兵衛は引き上げていった。

　滝三郎は剣の腕も立ち、才覚もあり、頼もしい若者だ。必ず、菊を仕合わせにするであろう。滝三郎もまた菊を妻とすれば、ますます精進して栄達も夢ではない。剣一郎はそう信じた。


　暗くなってから、太助が庭先にやって来た。

「吉五郎さんの様子を見てきました。近所の子どもたちと遊んでいました」

「そうか。元気そうでよかった。さあ、上がれ」

　剣一郎は部屋に招く。

「春の宵です。ここのほうが気持ちいいです」

　太助が庭に目をやって、

「そうだな」

　剣一郎は夜風に当たりながら吉五郎に思いを馳せた。

　吉五郎が知恩寺に現われるまでの十三年間、どこで何をしていたのかはわからない。その間、すべてのことを忘れ去っていたのであろう。だが、ここにきて少しずつ何かを思いだしつつある。

　いつか、すべてが蘇るかもしれない。そうしたら、妻女のまつの自死や自分が殺されかけたこと、そして『結城屋』を乗っ取られたことまで思いだすであろう。そのとき、悲しみや怒りなどがいっきに襲いかかってくるに違いない。

まるで、吉五郎は地獄の苦しみに向かって養生をしているようでもある。それならかえって回復しないほうがいいか。

いや、それでも蘇ったほうがいい。喜び、悲しみ、怒りなど一切を抱えることこそ、生きるということなのだ。

剣一郎はほころびはじめた梅の木を見つめながら、すべてを取り戻した吉五郎に会ってみたいと思った。

一〇〇字書評

切り取り線

購買動機（新聞、雑誌名を記入するか、あるいは○をつけてください）

□（　　　　　　　　　　　）の広告を見て
□（　　　　　　　　　　　）の書評を見て
□ 知人のすすめで
□ タイトルに惹かれて
□ カバーが良かったから
□ 内容が面白そうだから
□ 好きな作家だから
□ 好きな分野の本だから

・最近、最も感銘を受けた作品名をお書き下さい

・あなたのお好きな作家名をお書き下さい

・その他、ご要望がありましたらお書き下さい

住所	〒				
氏名		職業		年齢	
Eメール	※携帯には配信できません		新刊情報等のメール配信を 希望する・しない		

この本の感想を、編集部までお寄せいただけたらありがたく存じます。今後の企画の参考にさせていただきます。Eメールでも結構です。

いただいた「一〇〇字書評」は、新聞・雑誌等に紹介させていただくことがあります。その場合はお礼として特製図書カードを差し上げます。

前ページの原稿用紙に書評をお書きの上、切り取り、左記までお送り下さい。宛先の住所は不要です。

なお、ご記入いただいたお名前、ご住所等は、書評紹介の事前了解、謝礼のお届けのためだけに利用し、そのほかの目的のために利用することはありません。

〒一〇一−八七〇一
祥伝社文庫編集長　坂口芳和
電話　〇三（三二六五）二〇八〇

祥伝社ホームページの「ブックレビュー」からも、書き込めます。
www.shodensha.co.jp/bookreview

祥伝社文庫

生きてこそ　風烈廻り与力・青柳剣一郎

令和 3 年 2 月 20 日　初版第 1 刷発行

著　者　小杉健治
発行者　辻　浩明
発行所　祥伝社
東京都千代田区神田神保町 3-3
〒 101-8701
電話　03（3265）2081（販売部）
電話　03（3265）2080（編集部）
電話　03（3265）3622（業務部）
www.shodensha.co.jp

印刷所　堀内印刷
製本所　積信堂
カバーフォーマットデザイン　中原達治

Printed in Japan ©2021, Kenji Kosugi ISBN978-4-396-34702-4 C0193